邪《や》神《がみ》三姉妹についてのレポート

わたしの**大嫌いなお兄ちゃん**が
美少女三姉妹に取りかこまれてキャッキャウフフ☆みたいな状況におちいってるのは
科学的にありえないので、この**怪奇現象**について
詳細に調べあげその欺瞞《ぎまん》を喝破《かっぱ》するためにレポートを作成する。

告

長女、つるぎ――

邪神《やがみ》三姉妹の長女、邪神つるぎ。ちびっこ先生。見た目は子供、実年齢は大人という『この登場人物は十八歳以上です』みたいな存在。

三十一歳。だけど見た目は幼い子供。お兄ちゃんと同じ桜ノ花咲夜《このはなさくや》学園の教師であり、わたしの担任教師でもあるらしい（わたし不登校なのでよくわからんけど）。

以下、そんなロリコンに優しい設定のつるぎのコメント。

「あたしは今の状況もそんなに悪いもんだとは思ってねーんだよ。人間と神々が交歓するこの摩訶不思議《まかふしぎ》な非日常こそが、この世界の本来あるべき姿なんだからな。
まぁ世界がぶっ壊れちまうぐらいにアンバランスな出来事や、
可愛《かわい》い妹たちに危険が及ぶような事件は、さすがに見過ごせねーけどな。
それより鎖々美《さきみ》、おまえたまには学校こいよ。不登校の生徒とかがいるとあたしが校長に怒られるんだよ」

ごめんなさい。

次女、かがみ——

　邪《や》神《がみ》三姉妹の次女、邪神かがみ。いつも眠そう。

奇《き》天《て》烈《れつ》な姉や妹と比べれば非常に地味。

あまりにも目立たないので**たまに存在を忘れる**ぐらいだ。

　十六歳。桜《この》ノ花《はな》咲《さく》夜《や》学園の生徒で、どうもわたしと同じクラスらしい（わたし不登校なので以下略）。

何かの病気かと思うぐらいいつも寝ていて、
授業もちゃんと聞いてるんだかいないんだか。

　以下、そんな**要らない子**っぽいかがみのコメント。

「ふにゃあ。少なくともわたしについては警戒する必要はないと思いますよ？

わたしはあなたの、つまり人間の味方なのです。わたしは神々が織りなす非日常よりも、
物質的な価値観が支配する人間たちの日常でこそ価値を有する存在ですから。

　それより鎖《さ》々《さ》美《み》さん、たまには学校にきたらどうですか？

登校してこないので、わたしあなたの顔をいまだに覚えられてないのですが……」

　わたしの顔なんか覚えなくても生きていけます。

三女、たま――

邪神《やがみ》三姉妹の三女、邪神たま。巨乳小学生。長女のつるぎとは正反対の、
「見た目は大人のお姉さんなのに実は小学生」という
「え? コスプレ? AVの撮影?」みたいな存在。
信じがたいことにまだ九歳の小学三年生。ランドセルを背負って歩いてるだけで
職務質問される難儀なナイスバディの持ち主だが、中身はかんぜんにお子様。
以下、そんな成長期が早すぎたたまからのコメント。
「えっとねー、たまねー、まだ未完成で不安定なの! なのに『世界への影響力』が
すごい強いとかで、あんまり好き勝手に行動しないようにって言われてるの! でもねー、
たまは『人間の世界』がどんなのだったのか知らないから、何が『変なこと』で
何が『当たり前のこと』なのか区別がつかなくて、うっかり世界を変えちゃうんだお!
それより鎖々美《ささみ》お姉ちゃん、きちんと学校にいかないと立派な大人になれないよ!」
うるせぇよ。

斯様《かよう》に奇妙な邪神《やがみ》三姉妹が、
何を目的にしてわたしのお兄ちゃんに近づき
日常系ラブコメ的な
ゆるい毎日を送っているのか、
その謎を究明し対策を練ることにより
わたしまでラブコメに
巻きこまれないように――

「ささみさ～ん? 朝ですよ～? 起きてますか～?」
うおっ、やべぇ、お兄ちゃんだ!?
もう朝!? えぇっと、仕方ない、
レポートのつづきはまた後で!!

ささみさん@がんばらない

著 日日日
イラスト 左

Contents

第一部 アマテラス 013

第二部 ヤマタノオロチ 103

第三部 ニニギノミコト 233

月読《つくよみ》鎖々美《ささみ》

ささみさん。
神臣の妹。16歳。

月読《つくよみ》神臣《かみおみ》

お兄ちゃん。
桜ノ《の》花《はな》咲《さく》夜《や》学園の
教諭。

邪神《やがみ》つるぎ

三姉妹の長女。
桜ノ花咲夜学園の
教諭。

邪神《やがみ》かがみ

三姉妹の次女。
桜ノ花咲夜学園の
生徒。

邪神《やがみ》たま

三姉妹の三女。
小学生。

Characters

ささみさん@がんばらない

第一部
アマテラス

第一話／明日からがんばる

「ささみさ～ん」

お兄ちゃんが呼んでいる。

わたしはノートパソコンをぱたりと閉じて、ん、ん、とおおきく伸びをする。

日付は二月十四日。

聖バレンタインデー。

「ささみさ～ん♪　朝ですよ～♪」

ふつうにお兄ちゃんが入室してきた。

お兄ちゃんは通勤（お兄ちゃんは近所の高校の教師をしている）のためのスーツ姿で、革の鞄《かばん》を顔の前にかざして表情を隠している。

お兄ちゃんが顔を見られたがらないのはいつものこと。

わたしなんかに構ってないで仕事行けばいいのに。

思いながら、わたしは怠《だる》かったので、真横に倒れる。

「ささみさ～ん♪」

お兄ちゃんは面妖《めんよう》な動きで近づいてくると、いつもの言葉を口にする。

「朝ですよ。月曜日の、早朝ですよ。今日こそは学校へ行きましょう」

「無理」

わたしのお兄ちゃんへの、朝の第一声がそれだった。

お兄ちゃんは気にせずに、寝ころんだわたしを覗《のぞ》きこんでくる。

「ささみさん。あなたはもう十六歳です。せっかく高校に入学したのですから、一日ぐらいは学校生活を楽しんではどうですか？」

お兄ちゃんは溜息《ためいき》をつくと、片手に持っていたお盆をわたしのそばに置く。

「お腹《なか》がすいたでしょう。朝ご飯をつくってきましたよ」

「うむ」

わたしは顔をあげると、お兄ちゃんの手元を覗きこむ。

お盆の上には四角く切り分けられたサンドイッチが載っていた。

中身はバナナ、キウイ、イチゴなどが生クリームであえられたもので、色鮮やか。

「お兄ちゃん」

たしかに空腹だったので、わたしは寝ころんだまま。

口をぱくぱく。

「食べさして」

「甘えん坊ですね。ささみさん、もう十六歳でしょう」

「食べさしてくれないなら、わたし飢え死にしちゃうよ」

「仕方ないですね」

サンドイッチをみっつぐらい食べさせてもらうと、わたしは満足した。

「あとはお兄ちゃんが食べていいよ」

まだかなり残っている。

お兄ちゃんは首をふる。

「僕はもう食べましたよ。これは置いておきますから……」

お皿ごとラップにくるんで、お兄ちゃんは。

「お昼にでも、お腹《なか》がすいたときに、どうぞ」

いやお昼はわたし、たぶん寝てると思うねん。

「飲み物はどうですか？　変な姿勢で食べたから、喉《のど》につまったりしてませんか？」

「だいじょうぶ。それよりお兄ちゃん、遅刻しちゃうよ？」

教師の朝は早いのだ。引きこもりの妹の相手をしている余裕はないはず。

わたしはお腹が膨《ふく》れたので満足し、眠くなる。

「ひとりにして。寝るから」

「はいはい」

お兄ちゃんはわたしの頭を撫《な》でて、髪の毛をぐしゃぐしゃに掻《か》きまわした。

「それじゃ、僕は学校へ行ってきますからね。ささみさんも気が向いたら、途中からでもいいので登校してくるんですよ。いつでも大歓迎ですから」

名残《なご》り惜しそうに、お兄ちゃんは出入り口へと向かっていく。

わたしの広くて狭い、平和な部屋から。

たくさんの他人とくだらない出来事が溢《あふ》れた、外の世界へ。

「行ってきます、ささみさん」

「お兄ちゃん」

わたしは眠気を堪《こら》え、ふと思いだして、手を伸ばす。

そうだ。忘れてた。せっかく、通販で買ったのだから。

今日は二月十四日なのだから。

通販の箱をまさぐって、ビニールの梱包《こんぽう》を引き裂《さ》くと、わたしは中身を取りだした。

素っ気ない包み紙の、四角い、ちいさな箱。

「これ、おべんと」

放り投げるのも面倒だったので、その箱を掲げて、持ちあげる。

「？　何ですか？」

お兄ちゃんはこちらに戻ってくると、箱を受け取って、まじまじと眺める。

「だからお弁当だってば」

わたしは目元を擦《こす》ると、あぁもう、本格的に眠い。

「行ってらっしゃい、お兄ちゃん」

そうして今日も、わたしは、がんばらない。

ささみさん@がんばらない

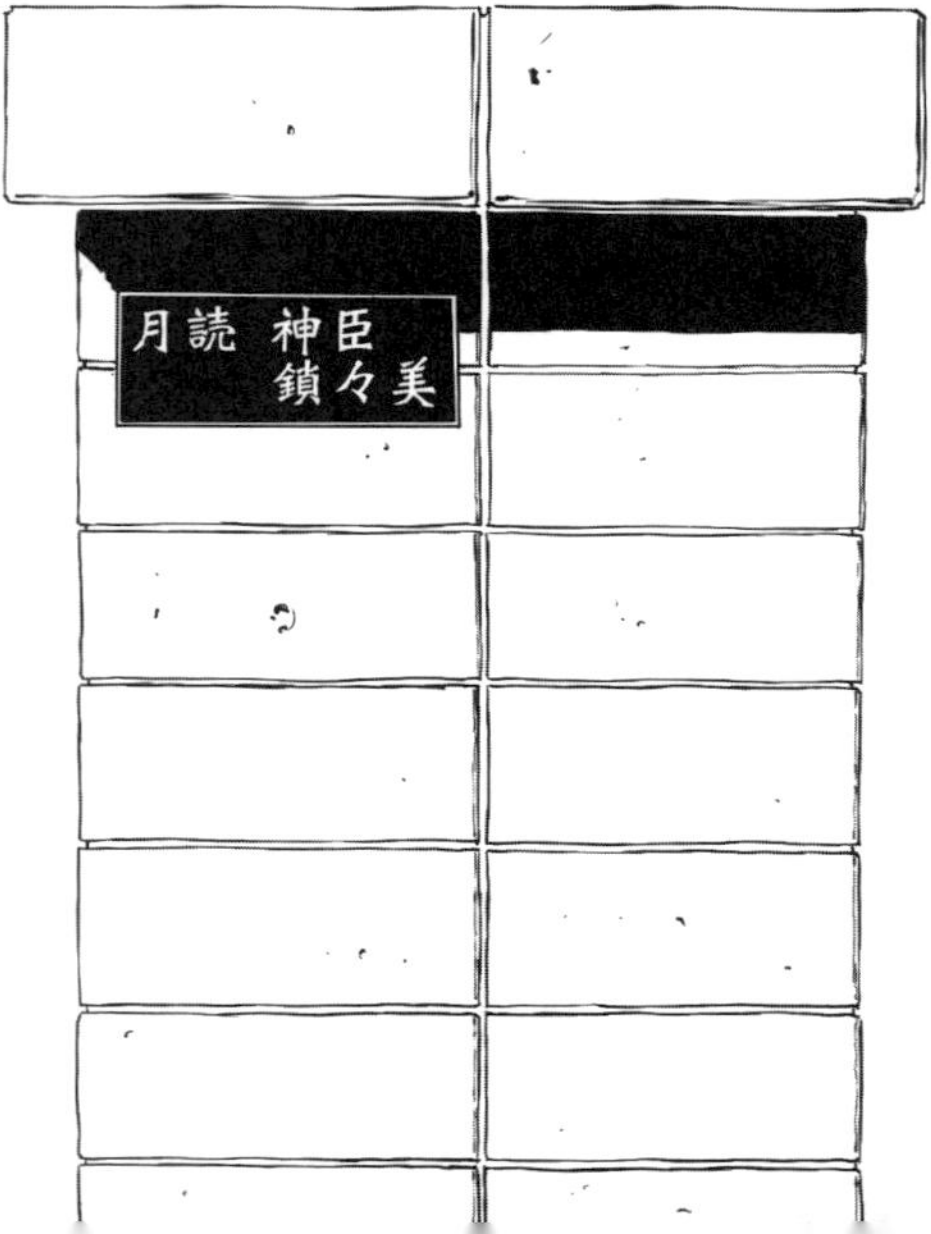

第二話／三女、たま

お兄ちゃんはわたしの相手を終え、自宅をゆるやかに出発する。

否《いな》、我が家（二階建ての一軒家。二階は壁をぶち抜いてすべてわたしの部屋に。一階はお兄ちゃんの生活空間やらお風呂やら何やら）の門の前で立ちどまると――。

月読《つくよみ》　神臣《かみおみ》
鎖々美《ささみ》

そう記された表札をうっとりと眺めて。

「ふふ……ふふふ……まるで夫婦みたいです……ふふふ……」

とキモい独り言をつぶやいてから、浮き浮きと自転車をこぎはじめた。

@　@　@

ふらふらと職場に向かっていたお兄ちゃんは、ふと停止すると、首を傾《かし》げる。

わたしたちの暮らす天沼矛町《あめのぬぼこ》は何の変哲もない住宅街で、駅前まで行けばあれこれ賑《にぎ》わっているが、たいてい一般的な家屋がのんべんだらりと並んでいるだけなのだが。

「何か……変なものが……」

器用に片手で顔を隠したまま自転車を運転し、お兄ちゃんは――。

「妖怪《ようかい》……みたいなものが……」

アホみたいなことを言いながら、ある場所まで移動する。

そこはこの町にいくつかある山の麓《ふもと》の、ちいさな川だった。

舗装もされておらず、水は綺麗《きれい》で、ごろごろ転がった岩に飛沫《しぶき》が跳ねている。

お兄ちゃんは自転車を停車させ、今度は徒歩で川に近づいていった。

「……………？」

首を傾げ、周囲をきょろきょろ見回すお兄ちゃんだったが。

「ゲコゲコ！」

不意に。

お兄ちゃんの正面――流れる川の真ん中あたりが隆起して、水面を突き破り、ものすごい勢いで何かが飛びだしてくる！

「………!?」

びっくりして身を仰《の》けぞらせるお兄ちゃんと、数メートルの距離を置いて。

そいつは開口一番、無邪気な声で叫んだ。

「たまちゃんは！」


川の流れにも冬の寒さにも負けずに、満面の笑《え》みで。

「可愛《かわい》い、元気な、カエルちゃんだお！　ゲコゲコ！」

謎《なぞ》な言葉を放ったのだった。

人間である。

しかも町中を歩けば誰もが振りかえりそうな、ものすごい美女。

けれど川の真ん中から現れるのだから、どう考えても関わっちゃいけない人種である。

お兄ちゃん逃げて！

「あれ？」

お兄ちゃんは泉の女神みたいに現れたその変態に、不思議そうに。

「たまさんではないですか？　そこで何やってるんですか？」

おや？

知りあい？

わたしはお兄ちゃんの態度に疑念を抱いて、よく目を凝らして見てみる（この『視点』だと、さすがに『自分の目で見るように』は状況を把握できない……）。

よくよく見ると、たしかに川から現れた、その美女は——。

あの邪神《やがみ》三姉妹の三女、邪神たまに外ならなかった。

「……んに？」

たまは変な声をあげると、目を丸くして。

「あ！　パパりん！」

なぜかうちのお兄ちゃんを『パパりん』呼ばわりするたまである。

「おっはよ♪」

「たまさん、そこで何してるんですか？　風邪《かぜ》ひきますよ？」

「それがねー、うんとねー、たまねー」

たまは川縁《かわべり》にあがってくると、ぶるんぶるん、と全身を振って水気を散らしていた。

下着をつけていないのか、湿り気をおびて身体《からだ》の線が浮きでて、異様に艶《なま》めかしい。

けれど言動だけは無邪気なまま、「わっぱわっぱ」と擬音がしそうな動きをして。

「ゲコゲコ！　カエルさんだお！」

「………？」

論理的でないたまに、お兄ちゃんは首を傾《かし》げたが。

たまはそれに焦《じ》れたように、むうっと唇《くちびる》を尖《とが》らせた。

「だからね。うんとね。いつもね、たまね、ここで遊んでたの！　カエルさんと！　でもね、いなくなっちゃったの！　だからたまが代わりにカエルさんやってるの！」

社長秘書とかやってそうな見た目で、まるっきりお子様みたいな言動である。

それもそのはず――。

このたま、今年で九歳の小学三年生なのである。

その証拠として、そばに置いてあったランドセルをぎゅむっと背負う。

「ははぁ、なるほど」

お兄ちゃんはたまのわけのわからない言葉を、きちんと理解したのか。

「優しいですね、たまさんは」

「褒《ほ》められた！」

「けれど、たまさん。カエルさんたちは、いなくなったのではありません。たぶん冬眠してるのですよ？」

「とーみん？」

「ええ。餌《えさ》のない冬場に、無駄に動いて栄養を消費しないように、カエルさんたちは眠っているのです。死んでしまったわけではありません」

「あぁ、ママりんと同じね！」

「……………？」

謎《なぞ》の言葉に、お兄ちゃんは戸惑いながらも。

「ですから、カエルさんの代わりをする必要はないのですよ。むしろ騒いだら、カエルさんたちがよく眠れません。ほら、たまさんだって、寝ているときにそばで誰かが騒いでいたらどうします？」

「ぶっ殺すよ！」

「そうでしょう？」

いや、だめだろ、ぶっ殺しちゃ。

「ですから、たまさん、今は静かにカエルさんたちを寝かせてあげましょう。だいじょうぶです、春になったら、また彼らも姿を現しますから。そのときに、一緒に遊んであげなさい。……わかりますね？」

「…………」

たまは眉根《まゆね》を寄せて、しばらく考えていたが。

やがて破顔すると、歯を見せて笑った。

「わかった！　たま、カエルさんたちが寝てるの邪魔しない！」

「わかってくれましたか。たまさん、良い子ですね」

「たま、良い子！」

たまの頭を撫《な》でてあげるお兄ちゃん。

「それじゃ、学校へ行きなさい。たまさんの小学校は、ここと逆方向でしょう？　遅刻しちゃいますよ？」

「ほんとだ！」

今の今まで学校を忘れていたのか。子供である。

同時に、彼女のお腹《なか》から「くうう……」と可愛《かわい》らしい音がする。

「わお！」

たまは、照れることもなく。

「パパりん、たま、腹ぺこりんだ！　そういえば、早くカエルさんの代わりをやってあげなきゃって、朝ご飯食べないでここにきたんだ！」

「おやおや」

お兄ちゃんは同情すると、当たり前のように。

わたしが今朝あげた、例のあの箱を取りだして。

「では、これを差しあげましょう。お昼ご飯なのですが、僕の学校には購買がありますからね
——何とかなります。歩きながらでも、朝ご飯代わりに食べちゃってください」

「え？　くれるの？　たまに？」

たまはちょっとだけ躊躇《ためら》っていたが、空腹に負けたのか、手を伸ばして受け取る。

たいせつそうに箱を抱き寄せ、えへへ、と笑った。

「ありがと、パパりん。……大好きだお」

お兄ちゃんをぎゅっとしてから、たまはランドセルを揺らし、元気よく走っていく。

「じゃね、パパりん！　たま、学校行く！　パパりんもお仕事がんばってね！」

それから、思いだしたように。

「朝ご飯すっぽかして家をでて、つるぎ姉《ねえ》とかがみ姉、怒ってるかもしれないから――たまの代わりに謝っておいてね！　えへへ……またね、パパりん！」

それだけ告げると、天真爛漫《てんしんらんまん》な笑顔のまま、駆け去っていった。

第三話／長女、つるぎ

お兄ちゃんの馬鹿。

わたしは何だかたまらなく虚《むな》しくなってしまって、頭部にかぶっていた『お兄ちゃん監視ツール』を「がぽり」と取り外す。

静電気でふわふわした髪の毛を手櫛《てぐし》で整え、ああ、とわたしは唸《うな》る。

バレンタインデーなのにな。

わりとあれでも勇気を振り絞ったのにな。

たまにあげちゃうなんて。

「お兄ちゃんなんか死ねばいい……」

涙がにじんでくるのが嫌《いや》で、わたしは立ちあがると、よろよろ歩く。

何だか、とてつもなく、お兄ちゃんに文句をぶつけてやりたい。

帰ってくるのなんか待てない。

「よぉし……」

今すぐお兄ちゃんのところへ行って殴《なぐ》る、という崇高な作戦を実行に移すことにして、わたしは壁と一体化したクローゼットから高校の制服を取りだす。

寝間着を無造作に脱ぎ、慣れない制服の感触に戸惑いながら、袖《そで》をとおす。

あ、何かだいじょうぶそう。

今日こそは、この怒りをばねにして、学校まで行けちゃいそうだぞ。

「お兄ちゃんをぶん殴るんだから……」

うんうん頷《うなず》き、扉を開く。

おぉ、簡単じゃないか。

廊下を進む。

楽勝だ。

階段を下りようとして。

足の裏がやけに粘《ねば》る感じで。

ガムでも踏んだかな。あれ頭が重いなぁ。

気のせいだって。

今日はだいじょうぶ。わたしはだいじょう――。

「うっ……」

わたしはよろめき、へたりこんで、真っ赤に明滅する世界のなか。

「うげぇぇぇぇぇっ」

吐いた。

@　@　@

「…………」

あ、寝てた。

わたしは自室で目覚め、ん、ん、とおおきく伸びをする。

けっこう眠ってしまったな……。

思いだしてみると、学校へ行こうとしたわたしは無理で、吐いて——部屋に戻り、制服のまま倒れこんで、眠ってしまった感じか。

「だいじょうぶだと思ったんだけどな……」

やっぱり、わたしはだめなようだよ、お兄ちゃん。

怖い。

外の世界は怖い。

気味が悪い。

吐き気がする。

どうしてみんな、あんな曖昧《あいまい》で不確かな世界で、何の警戒もせずに生きていられるの？

「……んっ……」

室内にあるちいさな冷蔵庫を開き、ミネラルウォーターで口をすすぐ。

ちょっと人心地ついて、わたしはパソコンに囲まれた箱庭に戻ると、お兄ちゃんが置いたままにした朝ご飯の残り――サンドイッチを見つける。

食べながら、『お兄ちゃん監視ツール』を持ちあげて、頭に接続する。さて、しばらく目を離してしまったぞ。お兄ちゃん、馬鹿なことに巻きこまれてなきゃいいけど……。

@　@　@

ひよこ「お兄ちゃんなら……いいよ♥」

頬《ほお》を赤らめたひよこに頷《うなず》き、僕は彼女のメイド服を脱がしていく。

僕「ひよこっ、ひよこぉ!!」

ひよこ「あぁんっ、お兄ちゃぁあん――らいしゅきぃい♥♥♥」

何じゃこりゃあああ!?

わたしはもちろんミネラルウォーターとサンドイッチを口から噴《ふ》くのだった。

@　@　@

桜ノ花咲夜《このはなさくや》学園は天沼矛《あめのぬぼこ》町の真ん中あたりに位置するごく平凡な高校で、その名前のとおり豪華な桜並木で有名である（まだ二月なので、花が咲くのはこれからだけど）。

お兄ちゃんはそこに勤務する教師で、その同僚に邪神《やがみ》三姉妹の長女——邪神つるぎはいるのだった。

彼女の見た目は、ちいさな子供である。

三女のたまも年齢に似合わない背丈と色気だが、長女のつるぎはまさにその逆だ。

年齢、三十一歳（自称）。

なのに見た目は、小学校低学年。

職員室の隅っこ——きちんと整頓《せいとん》されたお兄ちゃんのデスクの横が、彼女の席である。

「つるぎ先生」

お兄ちゃんの頼りない声が、桜ノ花咲夜学園の職員室に響く。

「学校の職員室で、堂々とエロゲをしないでください」

つるぎは私服姿で、座席にだらしなく胡座《あぐら》をかいて、マウスをダブルクリック。

髪の毛の隙間《すきま》にある耳にヘッドフォンをつけ、画面内の妹を陵辱《りょうじょく》している。

「つるぎ先生〜」

お兄ちゃんは無視されてもめげずに、そうだヘッドフォンをつけているから聞こえないのか、と大学ノートに油性ペンできゅきゅっと文字を書いた。

つるぎ先生、職場でエロゲはどうかと思います。

つるぎはそんな文字にちらりと視線を向けると、お兄ちゃんから大学ノートを奪いとり、自分もそこに赤ペンで返事を書きこんだ。

うぜー。死ねよ(^o^)

字面は辛辣《しんらつ》だったが、いちおうお兄ちゃんの意見を聞いたのか、つるぎは溜息《ためいき》をつくとマウスを動かしピンク色とモザイクが溢《あふ》れた画面の『セーブ』のアイコンをクリック。

エロゲを終えるとヘッドフォンを外して、ふわぁあ、と欠伸《あくび》をした。

「お昼かー」

声まで幼い。

「腹減ったなー。おい月読《つくよみ》、購買でパン買ってこいよ。あたしメロンパンな！」

ちなみにお兄ちゃんは、毎日このちびっこ先生にお昼ご飯をパシらされています。

「そうですね――」

お兄ちゃんはむしろお子様に命令されたのが嬉《うれ》しいのか、わくわくしながら。

「実は、僕も今日はお昼ご飯を用意してないんですよね。妹がお弁当を持たせてくれたのですが、お腹《なか》をすかせたたまちゃんにあげちゃいました」

「たまに会ったのか?」

つるぎは目を丸くする。

「あいつ、朝飯も食わずに『たまはカエルさんになるんだお! ゲコゲコ! 両生類! 水陸両用! ズゴック! ズゴック〜!』とか叫びながら家を飛びだしてな、前からアホだったけど今日ばかりは妹の正気を疑うしかなかった」

「あぁ、たまさんはですね——」

今朝の出来事を説明するお兄ちゃん。

「……ふぅん」

つるぎは興味なさそうに目元を擦《こす》ると、また欠伸《あくび》をして。

「たまはまだガキだからな、自己中心的だし、他者に感情移入しすぎる。自分と他者を同一化しちまうんだ。いつも遊んでいたカエルどもが冬眠しちまって、自分の身体《からだ》がなくなったみたいに寂しくなって、その欠損を埋めようとした……」

よくわからないことを、つぶやくと。

「その時点で止めてくれて助かったぜ、月読《つくよみ》。もうちょっと遅かったら『改変』されてたかもな——まったく、かがみも面倒だが、たまはもっと危なっかしいな。お姉ちゃんは気苦労が絶えねーよ。ストレス溜《た》まるなぁ……死ねよ月読」

ほぼ八つ当たりでスリッパを履《は》いた足でお兄ちゃんをぐりぐりするつるぎ。

お兄ちゃんは嬉《うれ》しそうにしながら。

「まぁ、心配しなくても、たまさんは健《すこ》やかに育ってると思いますよ」

「育たんでいいところばっかり育ってるけどな。おっぱいとか。あたしはまったく育たんのにな……見えない経路かなんかであいつに栄養吸われてないか、あたし……？」

憎らしげにつぶやくと、つるぎはぴょこんと席から飛びおりて、職員室の出口へ向かう。

「おい月読、昼飯がないんだよな？」

わずかに考えて。

なぜだか、頰《ほお》を染めて。

「あ、あたしが買ってきてやるよ」

「え？　つるぎ先生が？　いつもは僕に買いに行かせて、お金もださずに感謝の言葉すらないつるぎ先生が？」

ありえない言葉に動揺するお兄ちゃんを置いて、つるぎはぽてぽて歩いていく。

@　@　@

数分して、つるぎは帰ってきた。

「ただいま。……ほれ」

コンビニで売っているような、パックに包まれたチョコココロネである。

自分はメロンパンを買ったらしく、座席にまた胡座《あぐら》をかくと、もふもふっ、カリカリっ、と小動物みたいに食べはじめた。

「あ、ありがとうございます、つるぎ先生……」

お兄ちゃんは感動していた。

喜びを表現しようと思ったのか、その場でくるくる踊りはじめた。

「わぁい、つるぎ先生にチョコココロネ買ってもらいましたぁ！　僕は幸せものです！」

職員室に殺気が渦巻いた。

他の教師どもが獣の目をして、お兄ちゃんを睨《にら》みつける。

「つ、つるぎ先生に……？」「俺たちのちびっこ先生に……？」「チョコココロネだと……！」「チョコレートだとぉ！」「生意気だぞ！　月読《つくよみ》のくせに！」「寄越《よこ》せ！　すべての教師は一心同体、おまえのものは俺のもの！」「ちょっ、何ですかあなたたちは!?　これはつるぎ先生が僕に（＊お兄ちゃん）」「うるせぇっ！　ちびっこ先生が初めてのおつかいで手に入れたチョコココロネは貴様なんぞには勿体《もったい》ない！」「ここは教育現場だ！　強いやつが勝って、弱いやつは死ぬんだよぉおお!!」

お兄ちゃんボコにされている。

「…………」

ぼろ雑巾《ぞうきん》にされたお兄ちゃんと、チョココロネを分けあって至福の表情をする教師ども。

つるぎは顔を隠そうとするあまり防御がおろそかになってタコ殴《なぐ》りにされていたお兄ちゃんに、侮蔑《ぶべつ》の表情を向けて。

「おまえはほんとに残念なやつだなー……」

溜息《ためいき》をつくと、しゃがみこむ。

デスクに隠れて、そのちいさな姿は他の教師には見えなくなる。

そのまま「くいくいっ」と手招きする彼女に導かれ、お兄ちゃんもしゃがみこむ。

「何ですか？」

「内緒だぞ☆」

つるぎはスティックチョコを取りだして、包装をはがすと、お兄ちゃんの口に押しこんだ。

「こっそり隠してたんだぜ。べ、べつにバレンタインとかは関係なくて、おまえが情けないから同情したんだからな――勘違いするんじゃねーぞ！」

「……………？」

お兄ちゃんはバレンタインって何だろう、みたいな顔をしていた。

第四話／次女、かがみ

これは後から聞いた話である。


早朝から川遊びをしていたくせに、風邪もひかずに元気いっぱいな邪神《やがみ》三姉妹の三女——たまは、お兄ちゃんがつるぎに餌付《えづ》けされているとき、ちょうどお昼ご飯の真っ最中だった。

「おべんと♪　おべんと♪」

みんなで机をくっつけて、お昼ご飯。

腕組みし、たまは（無意味に）うんうん頷《うなず》いた。

「この時間のために、まいにち働いているのだよ」

ランドセルに手をつっこみ、「おべんと♪」と歌いながら、今朝、お兄ちゃんからもらった箱を発見したたまは、不思議そうにしていた。

「あれぇ、何だこれ？　たまねー、かがみ姉《ねえ》がこないだ買ってくれたお弁当箱がねー、お気に入りで……あ！　そうだ、パパりんにもらったんだった！」

忘れてたらしい。

「中身、何だろ……？」

そのまま「かぱっ」と箱を開く。

「ふわぁああ……☆☆☆」

目を輝かせて、たまはコンビニとかでは売っていない、ちょっと手のこんだ感じのチョコレートを眺める。

「ちょ、ちょこれいとですよ……奥さん！　えっと、食べていいんだよね？　いつも、虫歯になるからってつるぎ姉、おうちじゃお菓子食べさせてくれなくて……自分はたくさん食べてるくせに！　だから、こんなちょこれいとを独り占めするのは、たま、たまっ……どうにかなっちゃうお！」

真っ赤になると、ひとつ指でつまんで、口に放りこむ。

「ほわわわ……甘ぁい……しぁわせ……☆☆☆」

あまりにも美味《おい》しそうなので、興味をおぼえたのか、周りの小学生たちが注目してくる。

「た、たまちゃん！　いいなぁ！　チョコレート!?」「たまちゃんがチョコレートだと!?」「だ、誰にあげたの!?　え!?　自分で食ってる!?」「もしかしてたまちゃん、バレンタインが何だか知らないんじゃ……」「ほわっ？　なぁに、欲しいの？（＊たま）」

いちばんそばにいた、眼鏡《めがね》のおとなしそうな男の子に、たまは微笑《ほほえ》んで。

「さっちんには宿題見せてもらったから、ちょこれいと、ひとつあげちゃう♪」

　チョコレートというより宝石のような造形のそれを、ちいさな同級生の口元まで運んで、「あーん☆」と食べさせてあげる。

「たたた……たまちゃんが、ぼ、ぼ、僕なんかに！　チョコレートを……!?」「さ、さ、佐藤《さとう》にだけずるぅい！　俺にもくれよ！」「今なら何も知らないたまちゃんからチョコをもらえる……たまちゃんから、もらえるんだ……！」「寄越《よこ》せ！」「ころしてでもうばいとる！」「ええぇ!?　だ、だめぇ！　みんなが取ったら……たまが食べるぶんなくなっちゃうおぉお!!　ひーんっ!!（＊たま）」

　ハゲタカのように襲いかかってきた子供たちにチョコレートの大半を奪われ、たまは涙目で抗議する。

「ひどい！　ひどすぎる！　どうしてたまのちょこれいと持ってっちゃうのぉお!?　ひーん!!　パパりんにもらったのにーっ!!　おべんとなのにーっ!!　たま、まだひとつしか食べてないのにー!!　おお、ぶるうたす、おまえもかーっ!?」

「仕方ないよ、たまちゃん」

　さっちんとは逆サイドに座っていた、たまとちがってふつうの女の子が溜息《ためいき》をついた。

「今日はバレンタインだもの。チョコレートなんか持ってきたら、男子がおかしくなるのも当たり前。たまちゃん、人気あるんだから……」

「ばれんたいん？」

きょとんとするたまに、女の子は淡々と。

「あれ、やっぱり知らないの？　バレンタインっていうのはね――」

＠　＠　＠

場所は移って、桜ノ花咲夜《このはなさくや》学園。

放課後である。

お兄ちゃんは顧問をしている『創る会』という教科書とかつくってそうな同好会に顔見せをして（お兄ちゃん顔隠してるけど）、やることがないのか暇《ひま》だったらしく、誰かのマジックポイントを削っている。

「…………」

「…………」

「…………」

「……あの、先生。『ハレ晴れユカイ』を無言で踊らないでください。超キモいです」

黙々と本を読んでいた邪神《やがみ》三姉妹の次女――邪神かがみが、いつものように冷淡に囁《ささや》いた。

「けれどかがみさん、やることがなくて暇なんですよ」

「本を読めばいいのです。腐《くさ》るほどあるのです」

かがみの言葉どおり、『創る会』の部室は四方が書架になっていて、大量の本が並んでいる。誰も読まなそうな旧《ふる》い本や資料や年表、地図とか、そういうのばかりだが。

「ふにゃあ」

かがみは変な声をあげると、感情のまったくない声で語る。

「暇《ひま》なら他の部活動に顔見せをすればいいのでは。先生を必要とするひとが、この広い世界のどこかにはいるはずなのです。うん、いる……かなぁ？」

淡々とわけのわからないことを語るかがみは、わたしと同い年で高校一年生、十六歳らしいが——背丈は平均的で、顔や体格にも個性はなく、印象に残らない。

いつも眠そうで、実際、よく寝ている。

「ふふ、僕を必要としてくれるひと……ですか？　いますよ、当然！」

お兄ちゃんは幸せそうに、ふらふら部室内を徘徊《はいかい》しながら。

「僕の可愛《かわい》くて可愛くて可愛らしい最愛の妹様！　ささみさんが！　いつでも僕を待っている！　僕は求められている！　愛されてるんですよ！　わかりますか!?　ささみさんの素晴らしさを説明しましょうか、まず彼女は何よりも……あれ？」

「…………」

かがみ、熟睡。

「かがみさん？　かがみさん？」

「あ、すみません。寝てました」

よだれを拭《ぬぐ》って、かがみは顔を起こすと、真顔でぼやいた。

「あまりにも興味のない話題だったので睡魔が。月読《つくよみ》先生が妹さんをラブなのはもう不必要なぐらいに理解してますので、それ以上の説明はけっこうです。正直うざいです」

「えぇー……語りたいのに！　聞いてくださいよかがみさん！　んもう！　ほんとは聞きたいくせに！　無言でいると気まずいのでお喋《しゃべ》りしましょうよ！」

お兄ちゃんは踊りながら。

「好きな話題を選んでください——『今日のささみさん』『昨日のささみさん』『明日のささみさん』『ささみさんの恥ずかしいエピソード』『ささみさんと喧嘩《けんか》した日のこと』『ささみさんの趣味や好み』——あ、サイコロでもつくって振って、何がでるかな……って話題を選んだりして！　僕と楽しくこの世で最も面白い話題であるささみさんトークを飽きるまで繰り広げましょうよ！」

「…………」

「かがみさん？」

「すみません。寝てました」

「ふぇぇぇぇん！　かがみ姉《ねえ》ぇぇぇぇぇぇ!!」

扉が弾けるように開いて、ランドセルを背負ったたまが飛びこんできた。

たまの通う小学校は近所なので、わりと放課後――部室まで遊びにくるのだった。

彼女はそのまま夢中でかがみにむしゃぶりつくと、ひんひん泣いた。

「何ですかもう……」

かがみは迷惑そうである。

「飛びついてこないでくださいよ、たま。あんたデカくて重いんですから」

「ひーん！」

冷淡な姉の言葉に泣きじゃくるたまに、お兄ちゃんは気楽に挨拶《あいさつ》する。

「あ、今朝も会いましたね、たまさん。『お弁当』は美味《おい》しかったですか？」

「ふやっ、ぱ、パパりん……」

たまは珍しいことに、照れるみたいに真っ赤になって、甘えるようにかがみを抱きしめて彼女をぎゅうぎゅうと締めあげる。

「潰《つぶ》れる！　死ぬ！」とかがみが叫んでいるのをよそに、そのまま目を潤《うる》ませると、お兄ちゃんを見つめて。

「あの、あのね、たまね」

ごっくん、と生唾《なまつば》を呑《の》んで。

「ぱ、パパりんのこと、だいすきだけど……だけど、そんな、まだ小学生だから……だから、お友達から始めたいっていうか、ふぇえん、かがみ姉！　たまどうしたらいいの!?」

「まず手を放しなさい。死ぬから……あんた馬鹿力なの自覚してくださいね」

ぎりぎりとヘッドロックをされていたかがみが、か細い声でつぶやいた。

その直後だった。


「お、何だこりゃ、三姉妹が揃《そろ》っちまったじゃねーの」

開きっぱなしの扉の向こうから、つるぎがひょっこりと顔をだした。

楽しそうに、稚気《ちき》に溢《あふ》れた表情で。

「何の話題だか知らねーけど、お姉ちゃんを仲間はずれにすんじゃねーよ……いしししっ」

ささみさん＠がんばらない

第五話／ギブミー・チョコレート〈前編〉

「バレンタインというのは」

妹のたまに抱きつかれて頭をぎゅうぎゅうされたまま、もう考えないことにしたのか読書に戻りつつ、かがみが器用にも説明してくれる。

「世界各地の主《おも》にキリスト教圏で見受けられる祝日で、もともとはローマ神ユノの祝日だったといわれているのです」

「ユノかぁ」

つるぎが独り言のようにつぶやいた。

「ギリシャ神話でいえばヘラだな――嫉妬《しっと》深くて夫の浮気相手をいびり殺してばっかりの印象だけど、そういや『家庭と結婚の神』だったよな……」

「『バレンタイン』という言葉の由来は、聖ワレンティヌスのようです」

淡々と、記録されているデータを参照するように、かがみが語りつづける。

「当時のローマ皇帝が『兵士が恋愛をすると士気がさがる』みたいなことを言いだして、結婚を禁止する法律をつくったのですね。聖人であるワレンティヌスは愛を奪われた兵隊たちを哀《あわ》れみ、こっそり結婚させていたようですが、捕獲され——処刑されたとか。二月十四日は、そんな聖ワレンティヌスの悲劇を悼《いた》み、祈念する祝日なのですよ」

「えぇっと……えぇっと……」

難しい話を聞くとあからさまに困惑するたまが、かがみの髪の毛をかぷかぷと噛《か》んだりしながら（どうぶつみたいだなぁ）つぶやいた。

「でも、あの、クラスメイトの希美《のぞみ》ちゃんにね——」

照れているのか、かがみのほっぺたを引っぱったりして。

「ばれんたいんには、すすす、好きなひとにこくはくする日だって……」

「あぁ、日本ではそういう風習になってますね」

さすがに揉《も》みくちゃにされてるのが鬱陶《うっとう》しいのか、かがみがたまの顔面に手をやって「ぐいぐい」と押しのけようとする。

「いしししっ、たまもそういうの気にするお年ごろになったのか！」

やけに嬉《うれ》しそうに、つるぎが足をぱたぱたさせる（ちなみにつるぎは行儀の悪いことに、机の上にのって胡座《あぐら》をかいている。手持ちぶさたなのか、携帯ゲーム機でぴこぴこと遊んだりしつつ）。

「あたし好きだよ、バレンタイン」

「ふにゃあ。意外なのです」

「無数にある年中行事のなかで、クリスマスと並んでエロいイベントが発生しやすい日だからな！」

「姉さんの視点は穢《けが》れているのです」

かがみの嫌そうな視線を受けても、つるぎは平然としている。

「まぁ、こういうきっかけでもねーと、こっ恥ずかしくて愛の告白なんかできねーからな。毎日あれこれ忙しいしさ、自《みずか》ら告白なんていう非日常を招き寄せる度胸は、たいていのやつにはない。こういう強制イベントでも発生しねーと、とくに恋愛経験の少ない子供たちはどうしたらいいかわかんねーだろうし」

「興味ないのでどうでもいいのです」

「はうっ、はうっ」

淡々と読書するかがみと、『恋愛』という単語に過敏に反応するたま。

「おかげで毎年この日は学校じゅうがそわそわしてて、落ちつかねーぜ。同僚の教師どもに意味ありげな視線を送られるし。あたしにチョコもらって嬉《うれ》しいのか？　あのロリコンどもめ！　全員にチョコ配るとあたしの財布が空っぽになるんだよ！　ただでさえ我が家の現金収入はあたしの給料しかないうえ、扶養家族がふたりもいるのに！」

そういえば、邪神《やがみ》三姉妹の下のふたりはまだ学生なので、社会人はつるぎだけだ。

って寝そべっ苛々《いらいら》してきたのか無意味にお兄ちゃんを蹴《け》ったりしつつ、つるぎは机の上にだらりと寝そべってしまう。

「たまはバレンタイン知らなかったみたいだから、ないだろうけど——かがみはチョコ配ったりしたか？　義理でも何でもとりあえず渡しておけば、男子どもの好感度が高まってその後の生活が潤《うるお》うぞ？　重い荷物を運んでくれたりとか……」

「打算的すぎるのです」

かがみは表情すら変えない。

「ふにゃあ。チョコを用意する手間と、その後に受けられる男子からの好意などの報酬《ほうしゅう》を天秤《てんびん》にかけると、デメリットのほうが多いのです。だいたいわたし、同性の友達すらいなくて教室で浮いてるので、男子に話しかけてチョコ渡すなんて絶対無理」

「おまえもうちょっと青春を楽しめよ……」

つるぎが呆《あき》れつつ、ちょっと心配そうに。

「そういや、おまえが学校であたしら以外と喋《しゃべ》ってるところ見たことないな——あ、でも月読《つくよみ》はどうだ？　こいつにはチョコ渡したか？　コミュニケーション能力の欠けたおまえも、月読とは仲良くお喋りできてるじゃねーか」

「は？」

かがみの声が、やや上擦《うわず》った。

「い、意味がわからないのです。先生とはべつに仲良くないです。そのひとが馴《な》れ馴れしいだけです。非論理的なのです」

「そんなものすごい勢いで否定しなくても……」

つるぎが戸惑いながら、ちいさな胸に手を当ててほっと息をつく。

「そっか、かがみは渡してねーのか……たまも当然、チョコなんか用意してなかっただろうしな──他の女が月読《つくよみ》なんかにアプローチするわけねーから、だから……えへへ」

何か嬉《うれ》しそうにしてる。

「あの、つるぎ先生」

三姉妹の会話を困惑ぎみに眺めていたお兄ちゃんが、おずおずと手を挙げる。

「『愛を告白する日』と『チョコレート』の因果関係が摑《つか》めませんが、つまりバレンタインっていうのはどういう行事なんですか？　そういえば今日は、あちこちでチョコの匂いがしてましたが……」

「もしかして、おまえも何も知らんくちか」

つるぎが啞然《あぜん》とした。

「たまにおまえは教師であることが不自然に思えるぐらい常識に疎《うと》いよな……。その年齢までどっかで監禁でもされてたのか？」

「…………」

「あのなー、バレンタインには作法があってなー」

珍しく沈黙するお兄ちゃんに気づかず、つるぎは得意げに語った。

「基本的には、女の子から男の子へ、チョコレートを渡すんだ。好きな相手に愛の告白をしながらな。世渡りがうまいやつは大量にばらまいたり、女の子同士で友情の証《あかし》として配ったりもするみたいだぞ。男から女へ贈るのもありっちゃありだし——まぁ、大好きな相手にチョコを送る日なんだな」

「あぁ、だからつるぎ先生は僕にチョコロネをくれたんですね？」

「んな!?　ちっげーよ、なに勘違いしてんだよ腐れチ＊コ!!　ちょ、調子に乗ってんじゃねーぞ、あれしか売れ残ってなかったんだよばーか!!」

「まぁ何であれ、けっきょく他の先生に奪われてしまいましたが、チョココロネ」

「愛を取り戻せよ」

「代わりにチョコスティックをもらえたので、僕は満足ですよ～」

みたいな会話をしているふたりを眺めつつ、わたしはどこか——安堵《あんど》していた。

そっか、お兄ちゃん、バレンタインのこと知らなかったんだ。

だから今朝、わたしが珍しく『お弁当』を渡しても、いつもと変わらない態度だったんだ。

期待してなかったとか、わたしのことが嫌いだったとかじゃなくて、それが何だかわからなかったから——想像もしなかったから、お腹《なか》をへらしたたまに『お弁当』としてあげちゃったんだ。

なぁんだ。

「でもつるぎ先生、ちょっと気になることがあるんですが——そのチョコっていうのは、今日じゅうに渡さないといけないものなんでしょうか？」

「え？　あぁ、だってバレンタインデーって今日だもん。他の日にあげたらだめだろ何か感覚的に。それがどうしたんだ？」

「ぼ、僕、まだささみさんにチョコをもらっていない……」

がくがく震えるお兄ちゃんだった。

「そんな——嘘《うそ》だ……ありえない……！　ささみさんは僕とちがって常識を弁《わきま》えているから当然、バレンタインのことも知っていたはずだ——それなのに、僕にまだチョコをくれてないなんて……そんな、僕はささみさんに愛されているはずなのに……」

いや、あげたんだけどね。

お兄ちゃんが気づかなかったんでしょ。

「そっか、おそらく晩ご飯の前とかに頰《ほお》を赤らめてメイド服とかを着て『お兄ちゃん大好き☆』という具合に手渡してくれるんでしょうね……」

着ねぇよメイド服なんて。

あと「お兄ちゃん大好き☆」なんて言ったことねぇよ。

「いや、ささみさんは引きこもりだから——チョコを買いに行けませんよね？　あぁ、謎《なぞ》はすべて解けました！　ささみさんは僕にチョコをあげたくて仕方なかったのに、買いに行けなくて悔しい思いをしたのですね！」

通信販売っていう便利なものが、この世にはあるんだよ、お兄ちゃん？

わたしが啞然《あぜん》としているうちに、お兄ちゃんは猛烈に立ちあがった。

「こうしてはいられません！　迅速かつ大量にチョコレートを買いにいかないと!!」

「え？　今から？」

つるぎが真っ赤になった。

「ば、馬鹿だな月読《つくよみ》、この間抜け！　バレンタインのお返しは来月の三月十四日……ホワイトデーに贈るもんなんだよ。今すぐチョコを買いに行ってあたしに『僕も大好きですよつるぎ先生！』なんて言う必要はないんだぞ……！」

「姉さん、先生はべつに姉さんにチョコをあげるとは言ってないのです」

かがみが身支度《みじたく》を整えているお兄ちゃんを見あげる。

「でも先生、さっき姉さんが言ってましたが——この国のバレンタインでは基本的に女性から男性にチョコを渡すものなのですよ？　先生が今日じゅうに誰かにチョコを渡す必要はないのです。いや、くれるならもらってあげなくもないですが……」

「おまえにやるとも言ってねーだろ、かがみ」

つるぎとかがみが睨《にら》みあっている。

そんな姉ふたりを不思議そうに眺めつつ、たまがお兄ちゃんの服をつまむ。

「あ、あの、パパりん」

お兄ちゃんはたまより背が高いので、彼女は上目遣いだった。

ふるふる震えている。

「ひとつね、聞きたいの。朝にね、パパりん、たまにちょこれいとくれたよね——す、好きなひとに、渡すんだよね。ちょこれいとくれたのは、パパりんがたまを……だから、んぐっ」

「……？」

つっかえつっかえ喋《しゃべ》りながら、たまは不安そうに問いかけた。

「パパりん、たまのこと好きなの？」

ふくざつな乙女心《おとめごころ》をまるで察することができないお兄ちゃんは、不思議そうに首を傾《かし》げながらも、その質問を額面どおりに受け取ってしまう。

「もちろんです！　僕はたまさんのことが大好きですよ！」

まぁお兄ちゃんは、誰でも『大好き』なんだろうけどね。

わたしへの『好き』も、異性への『好き』と同じ種類のそれなのかどうかは、わからないし——まぁ、それはともかく。

「ほわっ」

たまは沸騰《ふっとう》して、ふらふらと姿勢を崩すと、かがみにぎゅうっと抱きついた。

「ほわわわわっ……」

ぎゅうぎゅう。みしみし。

「あ、あのね」

かがみが机をばんばん叩《たた》いて「ギブギブ、ギブアーップ！」と叫んでいるなか、それに気づかないたまはお兄ちゃんに純情につぶやいた。

「たまもね」

耳まで紅《あか》く染めている。

「パパりんのこと……大好きだお」

「ありがとうございます！」

ふつうに嬉《うれ》しそうなお兄ちゃんと、様子のおかしいたまと、死にかけているかがみをついでに眺めて——つるぎが怪訝《けげん》そうにする。

「おい、たま、どういうことだ？　何でおまえらの仲が急に進展してるのか、それが聞きたい。お姉ちゃんに詳しく説明してみそ？　怒らねーから」

「うん、あのね、つるぎ姉《ねえ》！」

無邪気な態度に戻ったたまは、嬉しそうに両手を万歳《ばんざい》した。

「今朝ね、たまね、パパりんからちょこれいともらったの！」

「何だとーっ!?」

つるぎが猫のように跳躍し、お兄ちゃんに摑《つか》みかかるとその顔面にとりついてわしゃわしゃと髪の毛をかきまぜた。妖怪《ようかい》じみた動きだった。

「てめぇ、あたしの妹に気安くフラグ立ててんじゃねーぞ！　たまにチョコレートだと!?　これまであたしに対してせっせと積みあげてきたイベントの数々を台無しにして、『僕は誰も選べないよ～みんな大好きなんだ！』というハーレムエンドを目指すつもりだな！」

「え!?　そんな馬鹿な!?　僕の人生はささみさんルート一直線のはず!!」

「ばかやろう！　現実で実の妹ルートに進んじゃうと警察行きのバッドエンドだぞ!!」

ギャルゲ用語で喋《しゃべ》んないでください。

つるぎはお兄ちゃんにしがみついてぎゅうぎゅう密着しながら、器用にたまを振りかえって指をつきつけた。

「男から女へチョコ渡すなんてやっぱ邪道だ！　っていうか、たま。チョコもらったのは今朝って話だよな？　朝にはこいつ、バレンタインのことなんか知らなかったんだぞ！　つまりおまえがもらったチョコには他意はなかったはずだ！　だまされるな!!」

「う、うん……」

たまはきょとんとしたが、すぐ無垢《むく》に微笑《ほほえ》んだ。

「──それでも、たまは嬉《うれ》しかったもん」

@　@　@

お兄ちゃんのくせにラブコメっぽい状況に巻きこまれてるなぁ。

ともあれ。

「よいしょっ……っと」

わたしは『お兄ちゃん監視ツール』を取り外し、ん、ん、と伸びをする。

さすがにずっと装着してると蒸すし暑いし肩が凝《こ》る。

わたしは横向きに倒れて寝そべると、目薬をさしてしばらく目を閉じた。

「よかった、よかった」

我《われ》知らず、胸のつかえがとれたようなのが、ちょっと腹立たしい。

でも、よかったのだ。

お兄ちゃんはバレンタインのこと知らなかっただけ。

だからわたしが今朝渡した『お弁当』の正体を想像もできなかった。

お兄ちゃんはやっぱりわたしのことが世界でいちばん大好きで、おにいちゃんだけがわたしを誰よりも優先して愛してくれる。

その好意に甘え、耽溺《たんでき》することは、たぶん不健全なことなのだろうけど。

「………」

わたしは身を起こすと、再びパソコンに向き直る。

にやにやとゆるむ口元を、抑えられないまま。

「あらためて、お兄ちゃんにチョコ買ってあげよっかな」

引きこもりが長くなると、独り言が多くなります。

「でもな、つけあがられると迷惑だしな。だけど、バレンタインのことお兄ちゃんが知っちゃったからには、あげないとうるさそうだし。今さら朝のあれがチョコだったとか教えてやるのもあれだし。できれば『是非ともチョコをくださいささみさん！』とお兄ちゃんが土下座したところに『しょうがないなぁ、お兄ちゃんのチ＊カス野郎！』と恵んでやる～みたいな展開が……」

『お気に入り』フォルダにいれている通販のホームページに移動して、マウスをクリック。

『食品』『お菓子』『チョコレート』とページをジャンプ。

バレンタイン特集とかで様々な種類のチョコが表示される。

値段はそんな高くなくていいんだ。我が家にお金はたくさんあるけど。値段が高いのはたいてい量が多いだけだからなぁ……ひとりじゃ食べきれないだろうし。ちいさいのでいいんだ、だけど安っぽいのはやだ。

などと考えながら、あちこち巡ってみる。

通販は便利だし、引きこもりのわたしはこれしか利用できないわけだけど、商品を手にとって眺められないのが困るところ。

食べ物だと実際に買ってみないと、味とか試せないしね……。

「ていうか、買っても今日じゅうに届くかなぁ……？」

パソコンの時刻表示を見ると、午後の五時だった。

「お急ぎ便ならぎりぎりか——こんなにたくさん利用してるんだから、ヘリコプターでも何でも飛ばして迅速に配達してくれたらいいのに。仮面ライダーみたいな名前なんだから良い子の味方をしてよ」

ぶつぶつ通販サイトに文句をつけていると、『この商品を買ったひとはこちらも購入しています』みたいなお勧めが目に留まる。

バレンタインで、恋する乙女《おとめ》がたくさんチョコを買ってるからか、関連商品には化粧品とかも表示される。

わたしはそのなかに、好きな少女漫画の最新刊を見つけた。

「あ、これ新刊でてたんだ……でもなぁ、前の巻の展開がちょっと好みじゃないっていうか、あれ単なる引き延ばしでしょ？　気に食わなかったんだよなぁ——今回もだらだらしてるだけなら、ちょっと買うのは見送って……」

偉そうなことを言いながら（辛口なのは愛ゆえに）、その少女漫画の最新刊のページに表示された、『今回のあらすじ』みたいなところをチェックする。

そして、わたしは――愕然《がくぜん》とした。

『今回のあらすじ／お互いに好きなのに素直になれず喧嘩《けんか》をしてしまったふたり。けれど美紀《みき》子《こ》の涙を見てあらためて自分のこれまでの態度を反省した拓也《たくや》は、一流のチョコレート職人を目指す。チョコがすべて。チョコはすばらしい。もう美紀子なんてどうでもいい。衝撃の新展開!!』

「新展開すぎる!!」

わたしは思わず叫んだ。

前回までチョコレート関係なかっただろ!?　何これ!?　ふつうの高校を舞台にした占いとかを絡めたちょっとミステリアスな恋愛漫画だったのに、どうして拓也はチョコレート職人を目指しちゃったの!?　前の巻では「ごめんな、俺、サッカー以外に興味ないんだ」みたいなこと言ってただろうが!!　意味わからんわ!!

よく見ると題名もこれまでは『天使たちの恋』だったのに今回から『天使たちの恋とチョコレート』になってました。どこから出てきたチョコレート!?

「あれ？　あれ？」

同時に、わたしは気づいた。

もしかして別の漫画と間違えた……？　でも登場人物の名前同じだしな……と思いつつ関連商品をクリックしていて、異様な事実に気づいたのだった。

「何だ……これ……？」

他の漫画や小説のあらすじに、不自然に混ざりこんだその単語。

アニメ化決定！　学園祭が近づいてきて、ふたりの恋とチョコレートはますます進展を
……剣と魔法とチョコレートのバトルアクション!!……この物語には過激な描写とチョコレートが含まれています!!

どの作品にも、記載されているチョコレートの文字。

それらを追いかけているうちに、さらに常軌《じょうき》を逸《いつ》していく。


この物語はチョコに汚染されたチョコをチョコチョコするチョコレートで、切ない恋物語！

互いにチョコりあうようにしてチョコったふたりはチョコレート！


意味すら理解できないようになっていく。

「どういう――バレンタインだから、なんかの企画とかで、冗談でこういうことを……？　明日になったら元に戻ってる――とか？　でもそんなアホな企画をやるなんてこと、聞いてな……あ、あれっ？」

　ぶつん、と画面が暗転した。

　何も表示されなくなる。電源は落ちていないようだが、ブラックアウトしたのだ。

　黒々とした画面に、わたしの呆然《ぼうぜん》とした表情が映りこんでいる。

「え、嘘《うそ》、パソコン壊れた⁉」

　わたしは不安になって、キーボードやマウスを動かしてみるが、無反応。

「ありえない――これ、組みたてるのにすごい時間とお金かかったのに……」

　そんなことを心配していたわたしは、たぶん、呑気《のんき》すぎたのだ。

　異変はそのときわたしの日常にすでに修復不可能なぐらいに亀裂をいれていて、わたしはそれを推測することができたはずなのに、見ないふりをして、気づかないふりをして、『怪異』にただ直撃されるだけだった。

　わたしは自分の立場を理解しておくべきだったし、あれこれ行動しておくべきだった。

　つまり、がんばるべきだったのに。

　わたしは、がんばらなかった。

引きこもってお兄ちゃんに甘えて、だらだらと暮らしていた。

だから罰《ばち》が当たったなんていうのは、いくらなんでも酷《ひど》い話だけど。


chocolate…


「うん？」

不意に、真っ暗な画面に文字が流れた。スクリーンセイバーのように。

ほんの一瞬だったから、見間違いかと思ったけれど。

すぐに理解した。

誰かの悪戯《いたずら》とか冗談とか、そんな考えでは納得できない——まさに『怪異』が、悪ふざけが、
わたしの現実をすでに『改変』していたことを。

その文字は、蟲《むし》のようにパソコン画面に充満する。

give me chocolate give me chocolate give me chocolate give me chocolate
give me chocolate give me chocolate give me chocolate give me chocolate
give me chocolate give me chocolate give me chocolate give me chocolate
give me chocolate give me chocolate give me chocolate give me chocolate

give me chocolate give me chocolate give me chocolate give me chocolate
give me chocolate give me chocolate give me chocolate give me chocolate
give me chocolate give me chocolate give me chocolate give me chocolate
give me chocolate give me chocolate give me chocolate give me chocolate
give me chocolate give me chocolate give me chocolate give me chocolate
give me chocolate give me chocolate give me chocolate give me chocolate
give me chocolate give me chocolate give me chocolate give me chocolate
give me chocolate give me chocolate give me chocolate give me chocolate
give me chocolate give me chocolate…

おぞましい寒気をおぼえて、わたしは思わず仰《の》けぞった。

「きゃっ……」

「きゃあああああ!?」

同時にパソコン画面から何か得体の知れない黒々とした液体と固体の中間のようなものが迸《ほとばし》って——わたしは押し潰《つぶ》されて、意識を失ってしまった……。

第六話／ギブミー・チョコレート〈後編〉

そんな具合に、わたしは気絶していたので――。

これは、あとから「たぶんこういう出来事があったんだろうなぁ」とわたしが推測したものである。

信じがたいのも非現実的なのも、わたしの空想がたくさん混じっているからで、ほんとうにこんな突飛な出来事が起きていたなどとは、あまり考えたくないです。

@　@　@

「困りましたね……」

お兄ちゃんは天沼矛町《あめのぬぼこ》の住民ご用達の巨大なスーパー『八百万屋《やおよろずや》』をさまよっていた。

そのまま帰宅するつもりなのだろう、いちど職員室に戻ってとってきた鞄《かばん》で顔を隠したまま、ふらふらと徘徊《はいかい》している。

『八百万屋』は外国映画のような（ゾンビに襲われたとき逃げこむような）無意味な敷地面積の広さと難解な構造で、目当ての商品がなかなか見つけられずに住民からは不許である。

つるつるした床を店員さんがローラースケートで走っている。

「ううむ、知りませんでした——」

お兄ちゃんは周囲をきょろきょろとして、溜息《ためいき》をつく。

周りには商品が納まっている棚が、地平線の果てまでつづくように延々と並んでいる。

「食品売り場ならともかく、ここは家電売り場のはずですが……」

お兄ちゃんはどうも「『八百万屋』に行くならついでにパソコンのプリンタ用紙たくさん買ってきて」という、わたしが昨日だったかに告げた言葉を思いだし、律儀《りちぎ》に買いに行ってくれたらしい。

「最近のチョコレートは、種類が多いんですねぇ」

ともあれお兄ちゃんの周りには、甘い匂いが立ちこめていた。

パソコン用品の並んだフロアのはずである。

マウスやキーボード、パソコンソフトやパソコン本体、組みたて用のマザーボードやらなんやらまで売っている、かなり本格的なところだが——。

その商品すべてが、チョコレートなのだった。

「おぉ、細かいところまでよくできてますねぇ」

そばにあったノートパソコンを眺めて、お兄ちゃんは感心する。

ちいさなマウスからキーボード、画面に至るまで、それはすべてが茶色だった。

内部構造までチョコレートで再現され、きちんと『パソコンとしての機能』も有しているらしく、お兄ちゃんがマウスを動かしてアイコンをクリックすると画面内に映像が流れる。

チョコ人間が「本日の天気はチョコときどきホワイトチョコ、ところによりチョコチョコ……」と頭が変になったようなことを語っている。

あきらかに不可解な事象が発生しているが、お兄ちゃんは『改変』を認識できない。

否《いな》、お兄ちゃんだけでなく——一般人は誰も、『改変』された世界を変だと思わない。

わたしのように『これは何かがおかしい』と気づいてしまうほうが、少数派なのだ。

そこで暮らしている人間たちの認識や思考、物理法則や歴史にまで遡《さかのぼ》って変化が発生する——それが『世界の改変』である。

わたしのような特殊な人間か、あるいは邪神《やがみ》三姉妹のような『人間の上位存在』以外は、まるで世界の変化に気づかずに、違和感すらおぼえずに受けいれる。

これまでの日常と地続きの思考と認識を抱えたまま、非日常に順応するのである。

「たくさんチョコを買って、ささみさんにプレゼントして、ついでにささみさんから『こんなにたくさん食べられないよ。ほら、お兄ちゃんにもちょっとあげる！　か、勘違いしないでよね！　食べすぎて太ったりしたくないだけなんだから！』みたいなツンデレをしてもらう予定だったのですが……そうしたら合法的にささみさんからチョコをもらえますからね！　うふふふ！」

かわいそうなことをぼやきながら、お兄ちゃんはよろよろ。

「しかし、こんなにチョコの種類があると迷ってしまいますね……どれを買えばいいんでしょう――あぁ、どれを買えばいちばんささみさんに喜んでもらえるでしょう、悩むなぁ……あぁ――」

優柔不断《ゆうじゆうふだん》なお兄ちゃんは、もうしばらく帰宅できないのだった。

@　@　@

世界がおかしくなっていることを、当然、邪神三姉妹も察していた。

彼女らはあらゆる意味で、普通ではない存在なのである。

わたしもそれは薄々と察していたが――この『バレンタインの惨劇』事件までは、まさかこれほど馬鹿げた存在だとは気づいていなかった。

ただの『ちょっと変なひとたち』ではなかったのだ。

厳密にいえば、『ひと』ですらないのかもしれない。

わたしは『改変』についても、『邪神三姉妹』についても――完璧《かんぺき》に理解しているわけではないのだ。

だからこそ、調査したり考察したりのレポートを制作して、怠《なま》けもののわたしにしては珍しく彼女らについて思案しているのだが。

「むーん……」

『創る会』の部室。

行儀悪く机の上に寝ころんでいたつるぎは、携帯ゲーム機の画面内で桃色の髪の女の子が「ごめんね……まだツルギくんとは友達でいたいの」と涙目で告げるのを見て、溜息《ためいき》をつく。

ゲーム機の電源を切って投げ捨てると、面倒くさそうにぼやく。

「どうすっかなぁ……」

「放置するのは、あまり感心しないのです」

かがみが『ガス窯《がま》の歴史～プロパンガスとブタンガスのコントロール技術～』というそれは面白いの?的な本をぱたりと閉じて、眠そうに目元をぐにゃぐにゃと擦《こす》った。

ふにゃあ、と欠伸《あくび》をする。

「ここまでの規模の『改変』は、わたしたちがあの月読神臣《つくよみかみおみ》を観察しはじめてからでは——最大規模のものなのです。全世界が、、、、、、、、チョコレートに変化する。この『改変』の進行速度から考えると……」

ちきちき、と機械音がして、かがみの瞳《ひとみ》がわずかに発光する。

「七時間ほどで、全日本がチョコレートになるでしょう」

「全日本？　海外へ届く種類のものではねーんだな？」

「ええ。アマテラスはあくまで日本の『最高神』ですので、諸外国の『神々』はきちんと防衛すると思うのです。日本という国家の範囲内、土地、領土、人々の思考内に存在する『日本という認識』までが『改変』の範囲でしょう」

「たしかに規模がでかすぎるしな、前兆もなさすぎだったもんな。『改変』が及んでいる範囲から考えて、やっぱり原因は『アマテラス』か——いいや、それだと語弊《ごへい》があるな。『アマテラスに奉仕したがる八百万《やおよろず》の神々』が『改変』の出所だろうよ」

「あのっ、あのっ」

たまが置いてけぼりにされて、困り顔で手を挙げる。

「な、何が起きてるの？　たまを仲間外れにしないで！　ひーん！」

泣きそうなたまに、つるぎが溜息をつく。

「あぁ、おまえはまだ『改変』を区別できんからな。『あるべき世界』を保存して見比べられるかがみや、経験則から判断できるあたしに比べて、ちょっと『改変』の感知が遅いか——まぁ、いい。あとで説明してやるから、しばらく良い子にしてろ」

「うん！　たま、良い子にしてる！」

たまは元気いっぱいに頷《うなず》くと、なぜか椅子《いす》に正座しておとなしくなった。

それを呆《あき》れながら眺めて、つるぎは机から飛びおりると軽やかに着地。

「放っておいても元に戻る類《たぐ》いの『改変』な気がするけどな……万が一、神々が満足した結果を得られなかったら、さらに『改変』が加速したり性質を変えたりするかもしれん——規模のでかさから考えて、いつ諸外国に迷惑をかけるかもわからん。いらんちょっかいを海外の神々にぶっこまれる前に、面倒くせーけど解決するか」

「ふにゃあ」

かがみが目を丸くした。

「珍しいですね、姉さんが積極的に動くのは」

「あたしもできれば手出しはしたくねーよ、神々が好きでやってることなんだからよ——でもここまで大規模な『改変』だと、放置したらどんな不始末がでてくるかわからん。物理法則ごと変化してるだろうから、そう簡単に『世界の終末』にはならんと思うけど……」

『創る会』の掃除《そうじ》用具入れから、つるぎは細長い朱色《しゆいろ》の布袋を取りだした。

それを片手で無造作に握りしめると、部屋の出入り口に向かう。

「だいたいアホくせーだろうが、こんなふざけた『改変』は見たことねーよ。認識ごといじくられた人間どもは何も変に思わんかもしれんけど、『改変』を見分けられるあたしはチョコレートだらけの世界なんぞに順応できる気がしねーし」

そして彼女は、妹たちを手招きするのだった。

「ほれ行くぜ、かがみ、たま。今回にかぎっては難しく考える必要はねー、事故みたいなもんだからな……さっさと終わらせにいくぞ」

「でも──可能なのでしょうか？」

かがみが不安そうにしながらも、姉のもとへと歩み寄る。

「起きている現象はアホですけど、規模がでかいですし、いくらわたしたちでも解決できるでしょうか……？」

「いちおう作戦はたてたから大丈夫だよ。お姉ちゃんを信じろ。ほれ、どうした、たまも早くこっちこいよ」

「あ、足が……しびれたお……」

無意味に正座していたせいで、残念なことになってるたまだった。

そんな彼女もふらつきながら合流したので、つるぎは扉の取っ手を握りしめる。

「『改変』の中心に突入する前に、かんたんに作戦を伝えておくからな」

どこ＊もドア～♪とか著作権を考えてないことをつぶやきながら、つるぎは扉の取っ手に何やら赤いボールペンで呪文《じゅもん》みたいなものを書いている。

「今回にかぎっては、かがみの出番はねーはずだ。小規模な『改変』や人間が相手のときとちがって、ここまで強力な『怪異』にはかがみはちょっと向いてないからな。けど、たまにはけっこう働いてもらう。おまえ──腹は減ってるか？」

「おなかと〜せなかが〜くっついちゃう♪」

たまは全力で手を挙げた。

「お昼のおべんと、パパりんにもらったちょこれいとだったんだけど——クラスのみんなにほとんど食べられちゃったんだお！　だからたま、おなかぺっこぺこ！」

「そっか。じゃあ喜べ……たらふく食えるから」

つるぎはそう語ると、いしししししっ、と笑った。

@　@　@

作戦会議（?）を終え、つるぎが無造作に扉を開く。

その扉は桜ノ花咲夜《このはなさくや》学園の部室棟にある、なんの変哲もない『創る会』の扉のはずだったが……まるで時空を跳躍したかのように、そこから足を踏みだすと屋外だった。

ほとんどチョコレート化されている、真っ茶色な世界である。

ホワイトチョコやストロベリーチョコもあるっぽいが、大多数はふつうのチョコレートだ。

まるで茶色いセロハン越しに見たかのように、そのごく平凡な住宅街——わたしの家の近所——は見事にカカオが原料のお菓子に変化していた。

バレンタインデーとはいえ、ちょっとどうかと思う感じだ。

何もかもが、チョコ、チョコ、チョコ。

道路も標識もガードレールも、乗用車もバイクも自動販売機も、立ち並んだ一軒家やアパート、さらに植えられた樹木の葉の一枚一枚すら。

「さすがに、目で見ると異様だな……」

つるぎがしゃがみこみ、足下に落ちていた空き缶を拾いあげる。『チョコレートコーラ／原材料名・チョコ抽出物、チョコ色素、チョコレラール、環状チョコレート糖、ビタミンチョコ／内容量・500ミリリットルチョコ』とかわけのわからないことが書いてある。

空を見あげると、雲すらチョコレートだ。どうやって浮かんでいるのだろうか。

「ほわわわわわ……☆☆☆」

たまが目を輝かせている。

「これぜんぶ、ちょこれいと？　わーい、たまねー、あのねー、ちょこれいと大好きっ☆　ねえねえ、つるぎ姉《ねえ》！　食べていい？　晩ご飯食べられなくなっちゃうかもだけど！　ちょっこ、ちょっこ、ちょこれいと～☆☆　甘くてとろけるちょこれいと～☆☆☆」

なんか歌ってるたまを、つるぎは呆《あき》れたように眺める。

「おまえは呑気《のんき》でいいな……しかしまぁ、見事にぜんぶチョコレートになってるなぁ。『ヘンゼルとグレーテル』のお菓子の家に憧れたことがあるけど、実際に現実にあると食う気が失《う》せる感じなんだろうなぁ……チョコばっかこんな食えねーし」

つっかけを履《は》いた足で、柔らかいチョコの道路を歩きながら。

「月読《つくよみ》の自宅はあれだよな?」

つるぎが指さした先には、わたしとお兄ちゃんの暮らしている一軒家があるのだった。

個性のない平凡なこの家屋も、壁から庭先まで見事に茶色である。

「家へ向かってどうするのですか? 『改変』の中心は月読先生でしょう——あのひとは、『八百万屋《やおよろずや》』にいるっぽいので、まだ帰宅してませんよ?」

耳を澄ませるようにして、かがみがそんなことを伝える。

つるぎは妹たちを引きつれて、わたしん家《ち》の前まで移動しながら。

「今回の『改変』は、月読の意志で行われてるわけじゃねーんだよ。周り、が、勝、手、に、月、読、を、喜、ば、せ、る、た、め、に、し、て、い、る、こ、と、だ。その行為が無駄だと『神々』に理解させることが、解決するための唯一の方法。月読を殴《なぐ》り倒そうが殺そうがこの『改変』は収まらねーよ」

「ふむ……」

かがみは何やら考えていたようだが、不意にいつも半分寝ているような目つきを鋭くして、機敏に身構える。

「——姉さん!!」

その視線の先には、我が家の玄関扉。

その奥から、溶岩が暴れるような不気味な音が響いてくる。

何かが、現れようとしている。

「わかってる。『悪神』が今回の『改変』に便乗して、ちょいとふざけた真似《まね》をしてるみたいだな……。かがみはあまり近づくな。物理的な暴力でどうにかなる類《たぐ》いのもんじゃねーはずだ――たま、喜べ。今日は好きなだけ食べていいぞ」

「ほんとにー？」

たまは唇《くちびる》に指を当て、「わーい☆」と無邪気に喜んだ。

次の瞬間である。

扉が思いっきり開いて、その内部から土石流のように茶色い物質が噴出してくる。

それは巨竜のごとき動きで邪神《やがみ》三姉妹に襲いかかり、その濁流に呑《の》みこもうとした。

「ちょこれいとだぁ☆☆☆」

たまが両目に星くずをいっぱい散らして、その奔流《ほんりゅう》に自《みずか》ら飛びこんでいく。

刹那《せつな》――不可解な現象が発生した。

彼女が近づくそばからその茶色い物質――すべて、チョコレートだろう謎《なぞ》の激流は身をよじらせ、空気に分解されるようにして消滅していく。

食われていい、る。そのようにしか表現できない。

「所詮は有象無象《うぞうむぞう》の『物質神』……たまの神格《しんかく》は桁外《けたはず》れだからな、まともにぶつかったら食われるだけだ。たまの餌《えさ》にはちょうどいいな――」

微笑《ほほえ》みながら、つるぎも突進するたまを追いかける。かがみも慌《あわ》ててそれにつづいた。

邪神《やがみ》三姉妹は我が家に土足で踏みこんでくる。

まだ延々とチョコレートは飛来したが、たまが接近するとすべて消滅する。

「たま、襲いかかってくるもんだけ食えよ！　周りの無関係な壁とか床とかまで食ったら家が崩れるからな！」

「はーい！」

いい返事をしながら、たまは恍惚《こうこつ》の表情で『食事』をつづける。

「『ささみさん』とやらの部屋は——二階だったな」

つるぎが、わたしの名前を呼ぶ。

家のなかは海に沈んだように茶色い液体に満たされていて、何もかもが曖昧《あいまい》である。

階段がどこにあるのかも、ちょっと見ただけではわかりにくい。

「姉さん、あっちなのです」

たまとちがってチョコレートを『食べる』ことができないのか、たまが土石流を防いでいる後ろで怖々《こわごわ》と周囲を見ているかがみが、ある方向を指さした。

そちらに、たしかに階段がある。

つるぎが豪快に頷《うなず》いた。

「よし！　チョコレートを防ぎながら移動すんぞ！　たま！　後ろから襲われないようにあた

したちのしんがりを守れ！」

「うん！　たま『しんがり』やる！　がりがり〜！」

嬉《うれ》しそうにしながら、たまが姉たちとの距離をつめる。

つるぎを先頭にかがみ、たまの順番で階段をのぼっていく。

たまが襲いくるチョコレートを堰《せ》きとめており、まるで彼女の周囲にだけ見えない防壁があるかのようだった。

だが濁流は前方からも飛来する。量と勢いだけでいえば、そちらのほうが激しいぐらいだ。

けれどつるぎが手にした朱塗りの布袋（細長い何かが入っているらしい）をかざすと――

たまがしているのと同じように、その急流は弾け飛んで消える。

「おっらあ！」

つるぎが殴《なぐ》りこみのように、わたしの部屋の扉を開いた。

同時に火災現場のごとく、室内から先ほどまでの比ではない爆流が噴出する。

「やっぱり、ここが出所か……！」

つるぎがそれを防ぎながら、布袋に手をつっこむと瞬時に中身を引きずりだした。

それは一振りの日本刀である。

否《いな》、意匠は和風だが――妙に古臭い、諸刃《もろは》の剣である。

武器というより、芸術作品のようだった。

鞘《さや》から抜き放たれ、その錆《さび》ひとつない刀身が、ぬるりと煌《きら》めく。

「てめぇらみたいな『悪神』がぁあ——衰えたとはいえこの可愛《かわい》らしいつるぎちゃんをどうにかできると思ってんじゃねーぞ！」

怒号を放ち、つるぎが袈裟懸《けさが》けに『剣』を振るった。

世界に亀裂が走るような耳障《みみざわ》りな音が轟《とどろ》き、迫る茶色い悪竜は粉々に砕け散って消滅した。

一瞬、部屋の様子が判明する。

土石流の大元は——わたしの目の前にあったパソコンだった。

いまだにしつこく茶色を吐きだしつづけるその機械に、つまりお金と時間と手間をかけて組みたてたわたしの自作パソコン一号に、つるぎはひとっ飛びで接近すると。

「手間かけさせんな、逆賊《ぎゃくぞく》がぁああ!!」

雄叫《おたけ》びをあげて、見事に両断した。

『剣』は易々《やすやす》とパソコンに食いこみ、切り裂《さ》き、破壊する。

同時につるぎは振りかえると、かがみに向かって叫んだ。

「かがみ——おまえの『鏡』で世界を映せ！」

「わたしの出番はないのではなかったのですか……まぁ、『悪神』がいたなら仕方ないのです——たま！　姉さんを抱えて距離をとって!!」

「うん！」

たまがつるぎに獣のような動きで駆け寄ると、彼女を小脇《こわき》に抱えて窓をぶち破って外へ飛びでる。それを確認すると、かがみはこれまでにない、やけに冴《さ》え冴えとした——眠気の欠片《かけら》もない両目をしっかりと見開いて言い放つ。

「——人間《ヒト》の世界よ、在るべき世界を取り戻せ」

瞬間、彼女の両目から輝く光が噴出して、茶色い世界に色を塗りたくっていく。

@

@

@

「ふんっ♪　ふんふんっ♪」

お兄ちゃんが歩いている。

周りはまだ茶色の世界だ。

チョコレートの車がチョコレートの道路を走りそれに追い散らされたチョコレートの猫がチョコレートの一軒家に飛びこみチョコレートの鉢植えを倒しチョコレートの女性に怒鳴られる。けれど『改変』を認識できないお兄ちゃんは、それを『当たり前の光景』として受けいれるのだった。

「たくさん買っちゃいましたね……」

その手には鞄《かばん》と、ビニール袋（チョコ）がぶらさげられている。

中身はふつうのチョコやら、ふつうじゃないチョコやらがわらわら。

忘れずにプリント用紙も買ってきてくれたようだが、それもチョコレートであった。

「ささみさん、喜んでくれるでしょうか――」

お兄ちゃんはそれしか考えることがないのか、ふらふらと怪しげな動きで自宅の扉に手をかけると、内部に踏みこむ。

その状況を外側から観察しているものがいたら、「あれ？」と首を傾《かし》げただろう。

室内は、普通だった。

わたしたちが知りうる『常識』に照らしあわせて、平凡であった。

チョコレートではない。どこも変わったところはない、玄関である。

日めくりカレンダーと、靴箱《くつばこ》と、観葉植物。

お兄ちゃんは玄関に腰かけて靴を脱ぐと、鞄を置いたまま、ビニール袋をじゃらじゃら揺らして階段をのぼる。

「ささみさ～ん♪　お兄ちゃんが帰ってきましたよ～♪」

扉をノックし、しばらくお兄ちゃんは待つ。

わたしの返事がないのもいつものことなので、当然、お兄ちゃんは当たり前のように扉を開けて踏みこんでくる。

室内も、いつもと変わらない。

不可解なのはひとつだけ——あからさまに両断されたパソコンが転がっていることか。

内部の機械を覗《のぞ》かせ、ショートしているそれは、やはりチョコレートではなかった。

ごく普通であることが、このチョコレート化しまくった世界では、やけに不自然なのだが
——お兄ちゃんはもちろん何も疑問に思わずに、周囲を見回す。

「ささみさん？　今日はバレンタインという日だそうですよ！　好きなひとにチョコをプレゼントするんですってね！　ほんとは女の子から渡すのが普通みたいですが、僕の愛は年齢も性別も超越するので問題ないかと思って、たくさんチョコを——」

そして、お兄ちゃんは絶句する。

壊れたパソコンのそばに、銅像のように、わたしが立っているのだった。

「さ、ささみさん……」

ただしわたしの全身は茶色で、見事にチョコレートであった。

髪の毛から指先まで完全にチョコレートである。

微動だにせずに、微笑《ほほえ》みの表情のまま硬直している。

お兄ちゃんが、ごくりと生唾《なまつば》を呑《の》んだ。

「な、なるほど……」

すごい嬉《うれ》しそうだった。

「わかりました、だいたい理解しましたよ——ささみさん！　つまりこれは『チョコレートは……わ・た・し♪』ということなんですね！　お兄ちゃんは完璧《かんぺき》に把握《はあく》しました!!　ならば望みどおり舐《な》めたり嚙《か》んで含んだりしてお兄ちゃんはお兄ちゃんは」

何やらアホなことを叫びながら突進してくるお兄ちゃんだったが。

次の瞬間、わたしの銅像（?）は震動する。

ふ。

ざ。

け。

る。

なぁあああああ。

「うがあああ!!」

女の子がだしちゃいけない声をあげて、わたしは激しく暴れた。

するとわたしの表面をメッキのようにコーティングしていたチョコレートがぱりぱりと剝《は》がれて、床に落下していく。

あぁもう、皮膚呼吸ができんで苦しかったわ！

「お、おおお……」

お兄ちゃんが変な声をあげているのは――。

チョコレートを剝がしたわたしが、全裸だったからである。

わたしは全力で『改変』を防御した結果、わたしの肉体のみがその影響を免《まぬか》れた。

だがわたしの着ていた衣服はわたしの霊力がおよばない『物質神』が支配していたので、チョコレートに変貌《へんぼう》しており、剝げて落ちたわけである。

それに気づいたわたしは、救世主に出会った敬虔《けいけん》な信徒のようにうっとりしているお兄ちゃんを見ると、素早く胸元と下半身を手で隠して。

「お兄ちゃん死ねえええええええ!!」

妹がだしちゃいけない声をあげると、お兄ちゃんの顔面に膝蹴《ひざげ》りを食いこませた。

わたし身体《からだ》弱いけど、女の子には命を燃やしてでも他人の意識を刈りとらなくてはいけないときがあるのだ。

「あふんっ……」

お兄ちゃんは人生に満足した声をあげて死ぬと、その場に倒れ伏して動かなくなる。

わたしは荒く息をつき、わなわなと震えて、タオルケットで身体を隠して部屋の隅っこ――

物置の屛風《びょうぶ》を開いた。

そこには。

「…………」「…………」「…………」

予想外にお兄ちゃんが帰ってくるのが早かったので、家からでることもできずこっそり隠れていた邪神《やがみ》三姉妹が、仲良く収納されていた。

「えぇっと……」

つるぎが、耳まで紅《あか》く染めて羞恥《しゅうち》に震えているわたしを見て、目を逸《そ》らしながら告げた。

「仕方なかった……ん……だよ？」

「でーてーけーっ!!」

わたしは暴れた。

そばに置いてあった不審者（妹への愛を我慢できなくなったお兄ちゃんとか）撃退用の金属バットを握りしめると、邪神三姉妹のケツをぶったたいてやる。

泣きそうになりながら。

本能的な衝動のまま。

「でてけ！　でてけーっ!!　こ、ここはわたしの、わ、わたしの家だぁぁぁ!!」

かくして。

様々な説明不足による混乱と、わたしの乙女《おとめ》の恥じらいとかを残しつつ、初めての大規模な『改変』となった『バレンタインの惨劇』は幕をおろしたのだった。

詳しい『改変』の理屈と、このとき邪神三姉妹がとった『解決の方法』などはまた後で、レポートにまとめよう。

「…………」

わたしはずるずるとベッドに移動すると、布団《ふとん》をかぶって不貞寝《ふてね》した。

もう疲れたよ、お兄ちゃん。

第七話／月読《つくよみ》鎖々美《さ さ み》の考察❶

★世界の『改変』とは？

▽この世界は（正確にはこの国は）『八百万《やおよろず》の神々』が支配している。『八百万の神々』とは、キリスト教などに代表される唯一神の信仰やギリシャ神話などに見られる多神教の伝説とも異なる、この世のありとあらゆるものに『神』が宿るとする思想である。

▽その思想によると、例えば道ばたの石ころから、建築物や工芸品、動物や雑草、果ては天候だの物理法則だの町だのという大規模かつ概念的なものまで——ありとあらゆるものに『神』が宿っているとされる。『八百万』とは『たくさん』という意味であり、そりゃそのへんのゴミとかにまで『神』が宿ってるなら数えるのも不可能だろう。

▽『神』と表現するといきなり胡散臭《うさんくさ》いが、要するに『自我』である。『自覚』であり『心』

であり『人格』である。『八百万の神々』は思考し、感情がある、いわゆる人格神なのである。これは太陽を支配する最高神アマテラスから、そのへんの消しゴムとかの『神』に至るまで例外はない。『人格』、あるいはそう観測される何かを『神々』は有している。

▽我々が知る、というか『常識』だと思いこんでいるいわば『人間の世界』では、『万物に神が宿る』という事実はあまり自覚されにくい。これは後に詳しく記述するが、我々が当たり前だと思っていた世界は実は『人間に都合のいいように「改変」された世界』だからで、人間がのさばっているうちは他の『神々』はびびっておとなしくしていたのである（ときどきはっちゃけた『神々』が心霊現象っぽい事件を起こしていたが、専門の組織が解決していた）。

▽そもそも『神々』はべつに仲良しこよしというわけではない。人間の集団を思い浮かべればわかりやすい。たくさんの『人格』をもつものがいれば好き嫌いや派閥《はばつ》が生まれるし、小競りあいや発言力の差も発生してくる。『八百万』もの『神々』がいるのだ、当然、みんな仲良く一致団結——とはいかず、隙《すき》あらばこの『神々』は自分の意見を押しとおそうとし、さらに『自分に都合のいい世界』をつくりあげようとする。

▽とはいえ『神々』の支配が及ぶ範囲は、『自分』だけである。『石ころの神』ならその『自分』

である『石ころ』しか変化させられない。他の『神々』は『他人』なので当然、言うことを聞かないのだ。

▽しかし『神々』には序列がある。例えば木製の机があったとする。『机』は『材木』や『捻《ね》子《じ》』などが集まったものである。そして『机』にも『材木』にも『捻子』にも『神々』は宿っている。『材木』は『材木の神』であり、『机の神の一部』でもあるのだ。そして『机の神』は『家具の神』の一部でもある（机は家具の一種なので、その支配下にあると考える）。

▽まるで分子のように、ちいさな『神』が集まっておおきな『神』を形成し、どんどん概念的になり、例えば『机の神』↓『家の神』↓『町の神』↓『国の神』↓『世界の神』というように、『部分』の『神』は『全体』の『神』の『一部』でしかないと考える。

▽個人と組織の関係を考えるといい。社員はひとりひとりが『自我』をもつ『個人』だが、それが集まって『全体』となったときにもひとつの『個性』＝『法人』が発生する。そしてだいたいの場合、社員は会社に逆らえない。会社には社員への命令権というか、無理やりにでも従わせる支配力がある。『神々』の場合はこれがもっと顕著《けんちょ》である。

▽『全体の神』は『部分の神』を従わせることができる。それはほとんど、絶対的な命令権だ。より偉い『神』（神格《しんかく》が高い、などと表現する）は下位の『神々』を支配し、自由に変化させることができる。この変化を『改変』と呼ぶ。

▽『神』には『人格』があるので、先にも述べたが『自分の居心地のいい、都合のいい世界』をつくろうとする。だからといってどの『神々』も好き放題に振る舞い、世界が混沌《こんとん》とした無法地帯と化すかというと——そんなことはない。

▽すべての人間が自由気ままに振る舞えば国家が破綻《はたん》する。否《いな》、そうした秩序のない世界を嫌ったために人々は国家をつくる。『神々』も同様である。『神々』が己《おのれ》の欲望を満たすためにははしゃぎすぎないように、『神々』を統制している存在がいる。いわば『神々』の王者——それが『最高神アマテラス』である。

▽『最高神』、の名のとおりにアマテラスの神格はナンバーワンである。どの『神々』もこれに従う。つまりアマテラスは思うがままに『世界』を規定し、他の『神々』はそれに基づいて己のかたちを規定している。アマテラスが望んだとおりに、この『世界』は姿を変えるのだ。

それこそ石ころから、物理法則に至るまで。

▽しばらく『人間に都合のいい世界』がつづいていたのは、このアマテラスが『人間』に囚《とら》われ、従わされていたからである。『人間』はやや特殊な立ち位置なので、『最高神』を封じ、自分たちの道具にすることができたのだ。そうして得たアマテラスのちからを、権限を利用し、人間たちは世界を『自分たちに都合がいいように』維持してきた。

▽詳しくは後述するが、そのアマテラスは現在、こともあろうにお兄ちゃんの身体《からだ》のなかにいる。というか、同化している。『お兄ちゃん＝最高神アマテラス』と考えてもいい。一部のひとにわかりやすく例えると『お兄ちゃん＝涼宮ハルヒ』なのである。でもお兄ちゃんは諸事情あって神様のちからを認識できず、利用の仕方もわからないボンクラなので――無能な王者が君臨する国のように、『世界』はめちゃくちゃになっている。

▽というのがまぁ、現在の構図である。どうしてそんな頭の悪い状況になったのかは、やはり次回のレポートにまとめようと思うが。それよりも思案しなくてはいけないのは、先日の大騒動――仮に『バレンタインの惨劇』と名づけられた例の事件である。

★『バレンタインの惨劇』について。

▽お兄ちゃんの身体のなかに『最高神アマテラス』が移動してから、初めて起きた大規模な『改変』が『バレンタインの惨劇』である。全世界がチョコレート化する、と表現してみるあの頭の悪い事件について——後からいろいろ考えたり調べたりして、ようやく概要が把握《はあく》できた。

▽お兄ちゃんは下僕体質というか、自分の欲求をもたないひとである。やはり諸事情あって無私というか、『自分が存在しない』というか、あまり自分の思考や感情をもたないひとなのだ。顔を隠しているのも、そうして『自分』を殺すというか、自覚しないためでもある。

▽というわけで『最高神のちから』を有しながらも、お兄ちゃんは自分の私利私欲のためにそれを用いない。宝の持ち腐れともいえるが、『最高神のちから』を本気で使えば世界を滅ぼすことも可能なので——これはまぁ、安心できる事実ともいえる。

▽だからこそ油断してはいたのだ。いちおう『お兄ちゃん監視ツール』でお兄ちゃんが変なことをしないか、迷惑な欲求を抱いたりしないか、わたしはつぶさに見守っていたわけだけど(そうでなければ誰が四六時中あの変態を眺めつづけるものか)——その必要がないぐらい、

お兄ちゃんは毎日ひたすら何気ない日常をつづけているだけだった。

▽けれど今回は、お兄ちゃんは欲求を抱《いだ》いてしまった。その欲求というのがアホらしいが、「チョコレートが欲しい」だったのだが――邪神《やがみ》三姉妹に余計な知識を吹きこまれたお兄ちゃんは、珍しく何かが「欲しい」と願ってしまったのだ。

▽勘違いされると困るのだが、べつにお兄ちゃんが「全世界よチョコレートになぁれ♪」と命じたわけではない。あれは周りの『神々』が勝手にやったのだ。『神々』は「チョコレートが欲しい」というお兄ちゃんの望みを見聞きして、「『最高神』さまに喜んでいただこう」と我が身をチョコレートに変化させて「食べて食べて♪」と主張していたのである（現在は『お兄ちゃん＝最高神アマテラス』であり、他の『神々』からは両者の区別はできないのだ）。

▽誰だって良い会社に就職したい、治安がよくて豊かな生活ができる国で暮らしたい――『神々』だって同じだ。『最高神』に気にいられれば、地位が高くなる。神格《しんかく》が上昇する。もっと自由に、欲望のままに暮らせるようになる。だから『神々』はお兄ちゃんの望みをできるだけ叶《かな》えようとする。要するに、おべんちゃらつかってお兄ちゃんに気にいられようとするのだ。

▽結果として、『神々』は我が身をチョコレートに変化させ、世界はチョコレートだらけの奇《き》天烈《てれつ》な風景へと様変わりしたわけである。すべてはお兄ちゃんのために。お兄ちゃんを喜ばせるために。バレンタインにこんなにたくさんチョコもらったの、お兄ちゃんしかいないだろうなぁ。

▽ともあれ後先考えずに『神々』はチョコレートに変化してしまったが、それを良しとしなかったのが邪神《やがみ》三姉妹だ。ふつうの『神々』よりもはるかに高位の神格をもち、さらにやや特殊な立場らしい彼女らは――『最高神』を理由として発生した『改変』にもわりと強引に介入できるらしい。

▽彼女らは世界を元に戻そうとした。当たり前だ。気持ちはわかる。チョコレートだらけの世界なんて御免《ごめん》だもんね。けれどその三姉妹の行為は「『最高神』さまに喜んでいただこうとする我々への、明確な敵対行為」と周囲の『神々』には判断された。

▽だからこそ、世界を元に戻そうとする彼女らに、チョコレートと化した『神々』は襲いかかった。それがあの、我が家に吹き荒れていた茶色い濁流だろう（三姉妹はそうして敵対した『神々』を『悪神』と呼んでいたが……まだ何のことかよくわからないので、次回のレポート

でまとめたいと思う）。
▽とはいえ下級の『物質神』（『神々』の最小単位。いわゆる『部分の神』。同じ最小単位でも動物とか植物とかは『生物神』といって、やや扱いが異なる）ごとき、高位の神格《しんかく》をもつ邪神《やがみ》三姉妹の敵ではなく、呆気《あっけ》なく蹴散《けち》らされた。そうして雑魚《ざこ》を片付けてから、三姉妹はこの『怪異』（『改変』によって発生した自分たちに都合の悪い出来事をこう呼称する）を解決することにした。
▽要するに今回の事件はお兄ちゃんの「チョコレート欲しい！」という気持ちが原因である。終わらせるためには、その欲求を満たすしかない。だからこそ、三姉妹はご丁寧《ていねい》にもわ、た、し、を、チョ、コ、レ、ー、ト、で、塗り固め、お、兄、ち、ゃ、ん、に、捧、げ、た、の、で、あ、る。生贄《いけにえ》だった。
▽お兄ちゃんはわたしから「チョコレートは……わ・た・し♪」的なことをされたと勘違いして、満足してくたばった。結果としてお兄ちゃんの欲求は満たされ、これ以上やっても意味ないかぁみたいなノリで他の『神々』は元に戻ったのである（お兄ちゃんには「いつもどおりの生活をしたい」という気持ちがあるので、欲求が収まれば世界はほとんど自動的に元に戻る）。

★まとめ。

▽しかしまぁ、「チョコレート欲しい！」なんていう些細《ささい》な欲求からこんな大規模な『改変』が発生するなんて、やっぱり『最高神のちから』は馬鹿げている……。今後またこのような頭の悪い事態が起きないように、お兄ちゃんへの監視を強化したいと思う。

▽邪神三姉妹の正体など、まだ判明していない事実も多い。今後も油断せずに、調査し考察し、対応していこう。何でわたしがそんな面倒なこと——とも思うが、このような混沌《こんとん》とした世界になってしまったのはわたしにも理由の一端があると言えなくもないので、まぁ仕方ないかなぁ……。

▽しばらくチョコレートは食べたくないです。

第二部
ヤマタノオロチ

第八話／現実問題

「暇《ひま》だなぁ……」

授業中の桜ノ花咲夜学園《このはなさくやがくえん》、一年右組の教室で、つるぎがお子様みたいな欠伸《あくび》をした。

そして当たり前のように。

「とりあえず脱げよ、月読《つくよみ》」

その正面で妙に姿勢正しく腰かけていたお兄ちゃんに、暴言を吐いた。

「意味がわかりませんが」

お兄ちゃんはつるぎとお喋《しゃべ》りできるのが嬉《うれ》しいのか、わくわくしながら。

「さすがに教室で脱いだら逮捕されると思います」

「逮捕されちまえよ。生徒に蔑《さげす》まれ、同僚に見捨てられ、警察にお説教をされるおまえが見たいんだよ。あたしはワイドショーに出演して『前からちょっと行動に問題がある先生で……でも、まさかあんなことするなんて……』と涙ながらに証言を――っととっ」

ちなみにつるぎとお兄ちゃんは、教壇にジェンガを積んで、生徒そっちのけで遊んでいる。

つるぎはぎこちなく手を伸ばすと、おっかなびっくりピースを抜く。

かなり穴だらけになっているジェンガは大きく右へ左へ揺らいだが、ぎりぎりのバランスで踏みとどまり、崩れない。

「よっしゃあ！　崩れなかった！　おまえ負けたら罰ゲームっての忘れんなよ！　あたしに挑んできたその蛮勇《ばんゆう》、笑いながら踏みつぶしてやんよ！」

「うまく切り抜けましたね……」

お兄ちゃんはパイプ椅子《いす》からわずかに腰を浮かせて、ひょいっと手を伸ばすと難なくピースを抜き去ってしまう。ジェンガは微動だにしない。

喜色満面《きしょくまんめん》だったつるぎは、途端に青ざめる。

「うおぉっ⁉　何だおまえ⁉　どうしてそんな簡単に抜けるんだよ⁉」

「昔から、わりと器用なほうなので。こういう小手先のゲームは得意ですよ」

「くううっ、月読のくせに生意気だぞ！　おまえは何をやっても失敗してどうしようもなくなってから『うわぁあん、つるぎ先生！　助けてよう！』と泣きついてくるキャラじゃなかったのか⁉」

「僕そんな、の＊太くんみたいな言動してましたか？」

「んにににっ……」

つるぎは呻《うめ》きながら、ピースをあれでもない、これでもない、と真剣な顔で選んでいる。

ちょっと引っぱっては無理そうだと諦《あきら》め、泣きそうな顔でふらふら。

「しかし、こんなに暇《ひま》でいいんでしょうかね……」

お兄ちゃんはちろりと、授業中の生徒たちを眺める。

ちなみに少子化のあおりをくらって桜ノ花咲夜《このはなさくや》学園も生徒数が少なく、一学年にみっつのクラスしかない（『右組』と『左組』と『心組』である）。

そのくせ教育関係に政治家が無意味に税金を注いだので、教師が余っている。

午前中の『応用学問』は専門の教師が担当しているが、朝と帰りのHRと午後の『基礎教養』の時間は、各クラスの『担任』と『副担任』が担当する。

『副担任』は名目上は『担任』の補佐なのだが、お兄ちゃんはつるぎにまとめて仕事を押しつけられているので、むしろ負担が増えている。

「専門知識が必要な午前中はともかく、午後は難しい内容はまったくないからな」

つるぎがそろりそろりと、ひとつのピースを抜こうとしながら。

「というか何でもかんでも教師が『教えてやろう』っていう、昔の風習が間違ってたんだよ。やる気のねーやつはどうにもならねー、生徒が自《みずか》ら『学びたい』って思わなきゃ意味がねー。従来の教育では馬鹿を量産するだけだったから、教育改革が起きて、学校のありかたが本質から変わっちまった」

お子様みたいな言動なのに、老人みたいに疲れた雰囲気で。

「学校は遊園地じゃねーんだ。あたしら教師が『楽しませてやろう』なんて考える必要はない、価値も意味もない。生徒のためにすらならない。幅広い知識をまんべんなく与えて、つまり暗記させても、『賢いように見える』生徒を量産するだけ」

つるぎは、べつに苛立《いらだ》たしい様子もなく、淡々と。

「お手本どおりの解答はできるけど自分で考えられない、応用もできない、自分で判断できない、無気力で無意味な子供をたくさんつくっちまった、前の時代の教師は問題から目を逸《そ》らして表面を取りつくろっただけの能なしだ」

つるぎは舌打ちし、パイプ椅子《いす》の上で胡座《あぐら》をかく。

「学校に意味がなくなって、教育に効果がなくなって、学校は刑務所と同じただ通過する時間を待つだけの場所になった。だったら、せめてその『刑期』が無駄にならねーようにと、あれこれ考えられた結果が今の学校だ」

見ると生徒たちは『基礎教養』のテキストを淡々と消化している。

あらゆる学問の基礎となる国語力、数学力、体力──それらを強化する時間が、『基礎教養』である。午前中の授業で集中力が途絶えた生徒たちは、従来の授業では午後はほとんど寝ているようなもので（実際に眠るものも多かったらしく）無意味だった。

ならばこそ、頭をつかわない単純作業を午後の時間にあてたのだ。

国語力を鍛《きた》えるためならば漢字の書き取りと文章の制作、読書と他者の文章の添削《てんさく》。

文学作品を読む必要はなく、文法を丸暗記する必要もない。

ひたすら手を動かし文章に触れることが国語力をつける最善の手段だ。

それ以上の高度な内容は生徒自身の興味があるものを選ばせて、午前中の『応用学習』の時間に熱意をもってあたらせる。

「まぁ、あたしらが子供のころなんか授業なんて寝る時間で、教師の質問をやりすごして、テストを一夜漬けで乗りこえて、巧《うま》くやるだけだったしな。貴重な若い時間をそうやって無駄にするより、ちょっとは苦しくても実力がつくほうがいいんじゃねーの？」

喋《しゃべ》りながら繊細《せんさい》な作業をしていたせいか、つるぎの指先はぷるぷる震えて、ジェンガは呆気《あっけ》なくがらがらと崩れてしまった。

「あーっ、しまった！」

頭を抱えるつるぎの前で、お兄ちゃんは小躍《こおど》りする。

「やったぁ、僕の勝ちです！　これで明日の授業の計画書はつるぎ先生が書くことになりました！　そういう約束で勝負したんですもんね！」

「うるせーっ！　ばーか！　ばーか！　調子に乗ってんじゃねーぞ！　あたしはゲームに負けたけど人生でおまえに勝ってるもんねばーか！　ていうかゲームに勝って大喜びするなんて大人げねーんだよばーかばーか！」

騒いでいると。

「ふにゃあ」

いちばん前の席で突っ伏し、堂々と安眠していたかがみが、ゆるやかに顔をあげる。

@　@　@

「先生、姉さん、うるさいから黙るのです」

かがみは相変わらず何を考えているかわからない、ぼんやりした表情である。

「いちおう授業中なのです。そんな不真面目な態度で、教師として恥ずかしくないのですか？　生徒として、妹として、わたしは世間様に顔向けできないのです」

「思いっきり今の今まで寝てたやつに文句言われてもな……」

つるぎは嫌《いや》そうに、存在感のない妹を眺める。

「ふにゃあ」

かがみはいつもの鳴き声（？）をあげると、さっきまで枕にしていた分厚い計算ドリルをこちらに見せてくる。

「それよりも、姉さん。今日はわたし、答えあわせの相手がいないのですが」

計算ドリルなどの答えあわせは教師がやるのも面倒だし、隣の席の相手にやってもらうことになっている。

しかしかがみの言うとおり、彼女の隣の席は空っぽであった。

「というか、やけに欠席が多いような……」

お兄ちゃんが教室内を見回す。

べつに学級閉鎖するほどではないが、生徒が四分の一は減っている。

かがみは呆《あき》れたように嘆息《たんそく》した。

「近ごろずっとこんな感じなのです」

「そうでしたか?」

「気づきましょうよ。いちおう先生なのですから」

「生徒が思っているよりも、教師は生徒に興味がないのですよ」

「そんな嫌《いや》な現実は、知りたくなかったのです」

「あーっ! おまえらが喋《しゃべ》ってると苛々《いらいら》する! もっとシャキシャキ話せよ!」

お兄ちゃんとかがみののんびりした会話に、つるぎが活《かつ》をいれる。

「変だろ! あきらかに! 季節の変わり目ってわけでもねーのに、何でこんなに欠席してんだよ! 『基礎教養』の授業はノルマをこなさなきゃ容赦《ようしゃ》なく留年にされるんだから、生徒はできるだけ出席するはずなのに……!」

つるぎは白衣を揺らし、椅子《いす》に飛び乗って、教室を見回している。

「変な病気でも流行《はや》ってんのか……？　それとも特殊な『改変』か……？」

「たぶん病気ではないのです」

かがみはつぶやいて、学生鞄《かばん》からノートパソコンを取りだした。

「原因はたぶん、パソコンのなかにあるのです」

『基礎教養』の時間は周りに迷惑をかけなければヘッドフォンで音楽を聴いたり、映画を眺めたりしながら受けてもいいので、携帯電話やパソコンをいじくっているものは多い。

お兄ちゃんたちが騒いでいても文句を言われないのは、たいてい音楽を聞きながら計算ドリルなどに集中していて、周りの様子が気にならないせいだ。

「これを見るのです」

かがみはパソコンをお兄ちゃんたちに向けて、画面を示して見せた。

そこには――。


『裏の一年右組』


暗褐色《あんかっしょく》の禍々《まがまが》しいゴシック体で表示された文字。

その文字のそばにはちいさな領域が存在し、その内部はミニチュアの教室になっていた。

その教室に、やたら鎧《よろい》を着こんだ筋骨隆々《きんこつりゅうりゅう》とした大男や、耳の尖《とが》った美少女や、触手がたくさん生えたわけのわからん生き物がいて『早く授業終わんないかなー』『ていうか基礎教養の時間なんてほんとに意味あんの？　社会にでて役に立つの？』『あー、つるぎちゃん負けちゃった。怒ってる顔可愛《かわい》い♪』とか嚙《か》みあってない会話が交わされている。

言葉は漫画みたいな吹きだしで表現されるようで、なかには会話を公開せずに『このメッセージは「仲間」以外には読めません』という吹きだしをぽこぽこだしているものもいる。

「……何なんだ、こりゃ？　ゲームか？」

ゲームとか好きなつるぎが興味深そうな顔をしたが、かがみは首をふって否定する。

「これは、ナウい若者に大流行の『八岐大蛇《やまたのおろち》ＳＮＳ』というのです」

かがみは得意げだった。

「ソーシャル・ネットワーク・サービス……ネット世界にひとつの『社会』をつくりだし、そこでお友達を見つけたり、世間話をしたり、いろんな人間関係をつくってコミュニケーションをするサービスのひとつなのです。『八岐大蛇ＳＮＳ』はできることが多いうえに完成度も高く、まるでほんとうにバーチャルな社会で生活しているような感覚が味わえるということで、話題騒然なのです。利用者は推定三十万人、現職の総理大臣や芸能人もたくさん利用しているということで、各方面で大評判なのです」

無表情のまま、かがみが姉に怪訝《けげん》そうな顔を向ける。

「ていうか姉さん、ほんとに知らないんですか？　けっこう有名なのですが？」

「あたしはパソコンはゲーム機にしてるから、こういうコミュニケーション系のやつはちょっとなー……しかし、これがいったい何なんだ？」

しかめっ面《つら》をするつるぎに、かがみはやはり眉《まゆ》ひとつ動かさない。

「簡単に言うと」

かがみは画面内にいる、秘密のメッセージを交わしているちいさな集団を指さして、あっさりと言った。

「この子とこの子とこの子は、今日、学校を休んでいる生徒なのです。名前はニックネームなので本名はわからないのですが、わたしぐらいになると調べるのは簡単なのです。この子たちは、朝から晩までずっと『八岐大蛇ＳＮＳ』にいて、現実の『学校にいく』という当たり前の行動を忘れ、あるいは無視してネット世界で遊んでいるのです」

「それが事実なら、教師としては見すごせねーけど……」

つるぎは不審そうに、パソコン画面を見つめる。

「この『八岐大蛇ＳＮＳ』ってーのは、そんなに面白いもんなのか？　最近の学校はたしかに楽しいもんじゃねーけど、ちゃんと通って卒業しねーとどこの会社も雇ってくれねー――自分の人生を台無しにしてまで、のめりこむほど魅力的なのか、これは?」

「さぁ……」

かがみは眠そうである。

「『楽しい』とか『面白い』とかを判断する機能が、わたしにはないのです」

「そうだったな」

溜息《ためいき》をついて、つるぎはちょっと真面目な顔になる。

「この『八岐大蛇《やまたのおろち》SNS』ってのは、誰でも利用できるサービスなのか? どんなもんなのか、ちょっと試しにやってみよーぜ?」

「姉さんが、興味をもつということは……」

かがみもやや神妙に。

「『改変』ですか?」

「さーな。だが怪しいものは片っ端から潰《つぶ》していかねーと、手遅れになってからじゃどうしようもねーからな。しかし、利用者が三十万人っていったな……『改変』だとしてもけっこう大規模だし、迂闊《うかつ》に手をだすのはまずいな。たまも参加させて、邪神《やがみ》三姉妹がちからをあわせて対応すんぞ」

そしてつるぎは、成り行きを見守っていたお兄ちゃんを見ると。

「おい、月読《つくよみ》? おまえの妹さん、たしかパソコンたくさん持ってたよな……?」

「え？　あぁ、はい。十台くらいありましたかね？　それが何か？」

「ちょっと何台か貸してくれよ……いや、この際だから、おまえと妹さんにも手伝ってもらおうか？　『改変』だったとしたら、どうせ今回もおまえらが原因なんだろうし、解決するまでとことん付きあってもらうぜ……いしししししっ」

ささみさん@がんばらない

第九話／就職活動

「というわけでパソコン貸して」

「…………」

わたしがお兄ちゃんたちの生活を覗《のぞ》き見してるのを知ってるのか知らないのか──ともあれ何の前置きもなく、つるぎがわたしの部屋の扉を開いて良い笑顔をしている。

わたしの部屋に他人がくるというので、寝間着姿だったのを着替えたり、あちこち掃除《そうじ》したりしていたが……思いのほか来るのが早かったなぁ。

そんなことを考えつつ、いちおう「こんにちは先生。えぇと、本日はどのようなご用件で？」などと外面《そとづら》のいいわたしは如才《じょさい》なくつるぎと挨拶《あいさつ》をしている。

「わぁ、すっごい広いね！」

「こないだはチョコレートまみれになっていたうえ、元に戻したあとはすぐに叩《たた》きだされましたからね──よく見る余裕がありませんでしたが。なるほど、たしかに個室にしてはかなり面積があるのです」

ランドセルを背負ったたまと制服に学生鞄《かばん》のかがみが、勝手に踏みこんでくる。周囲をきょろきょろして、いかにも楽しそうだった。

「ぬいぐるみさんがたくさんあるよ～☆」

「ふむ……これは……なかなか……」

わたしの心を癒《いや》してくれる唯一のお友達（ぬいぐるみ）たちを握り潰《つぶ》さんばかりに抱きよせるたまと、勝手にわたしのベッドに寝転がって布団《ふとん》をかぶるかがみ。寝るな。

こいつら自由だなぁ。

そんな妹たちに苦笑しつつ、つるぎが声を潜《ひそ》めて頼んでくる。

「まぁ、おまえが学校にこないことをとやかく言ったりしねーから——その代わり、あたしたちに協力しろよ」

「教師のくせに脅迫するの……？」

「取り引きだよ、月読鎖々美《つくよみささみ》。あたしらを味方につけることは、おまえら兄妹にとっても不利益なことじゃねーはずだ——仲良くしたいと思ってんだぜ？」

まぁ、いいか。

今のところ悪意はないみたいだし——どうせ、わたしのちからじゃこの邪神《やがみ》三姉妹を強制的にどうにかすることはできない。

だったら親睦《しんぼく》を深めて逆に利用してやる、ぐらいの気持ちでいたほうがいいのかもね。

「まぁいいや。でも長々と居座られても迷惑だし、早めに終わらせてよ?」

「わかってるよ」

つるぎは気楽に笑った。

「『八岐大蛇《やまたのおろち》SNS』とやらを『楽しむ』ことが目的じゃねー──『調査』し、そこに悪《あ》しき『怪異』があるなら『解決』すんのが最優先だ。『八岐大蛇SNS』のなかに怪しいものがあればすぐにわかるだろうし、『敵』がよっぽどの馬鹿じゃなければあたしらに気づけばちょっかいをかけてくる……そんなに時間はかからねーよ」

「『敵』っていうと、何かその『八岐大蛇SNS』? で怪しい行動をしている相手に、目星がついてるの? ていうか本当に何か『怪異』? が起きてるの?」

「それ含めてこれから調べるんだよ」

ていうか、つるぎの口調だとわたしがこいつらの行動を『覗《のぞ》き見』してるの、やっぱり気づいてるっぽいな──それじゃあ、あえて『知らないふり』してるのもあれか。

「ほんじゃ、ちょっと待ってて」

つるぎの依頼どおり、いくつか壊されてもいいノートパソコンを用意すると、床に置いて電源に接続し、動かせるようにしてやる。ついでにクッションも並べて、準備完了。

わたし自身は部屋の真ん中に戻る。

この位置からなら、並べたパソコンの画面がすべて見える。

怪しい行動をしないように、ここで監視しないと――。

「こら、妹ども。こっちこい。たま、ひとの家のもんに勝手に触るな。かがみ、寝るな。あたしですらお行儀よくしてんだからよ、お姉ちゃんに恥かかせるんじゃねーよ」

つるぎがその間に、例の朱塗りの布袋で妹たちの頭をしばいていく。

自由な生き様をさらしていたたまとかがみは、渋々とパソコンの前に座った。

すでに電源をいれれば問題なく起動するように、わたしが準備を終えている。

けれど。

「パソコンをたくさん並べたのはいいけど、うちの部屋、ネット回線はひとつしかないよ――『八岐大蛇ＳＮＳ』ってネットゲームとソーシャル・ネットワーク・サービスのごった煮みたいなもんなんでしょ？　ひとりずつ個別にネット回線を用意しないと……」

「そのへんはあたしが『改変』してどうにかするさ」

つるぎが何でもないことのように言うので、わたしは呆《あき》れる。

「なんか便利にいろいろ都合よく弄《いじ》くれるなら、パソコンも自分で用意すればいいのに」

「あたしらも万能じゃねーんでな……おまけにけっこう疲れるんだ、『改変』は。何が起きるかもわからねーし、できれば用《もち》いたくないいんだよ」

おおきく伸びをして、つるぎは猫のように欠伸《あくび》をする。

「それに『八岐大蛇ＳＮＳ』が『怪異』だとしたら、大規模に人間を巻きこんでいる――という事実がちょいと引っかかってる。この地に基盤のない『外敵』や人間なんぞに頼らんでもちからを行使できる『悪神』ではない、言うなれば『人害』が相手かもしれない」

こいつも、自分たちが『人間外の存在』であることを、隠すつもりはないっぽい。

「『人害』が敵なら、あたしらでも足下をすくわれる可能性があるんだよ——ちょいと連中は特殊だからな……。だからこそ、『最高神のちから』をもつ月読《つくよみ》がいてくれたら助かるし、むしろ『人害』にはおまえがいちばん効果的に対処できるんだよな——鎖々美《ささみ》」

「わたしが？」

わたし、ほとんど何の取り柄もない引きこもりなんだけど……。

戸惑っていると、姿を見せなかったお兄ちゃんが、両手にお菓子がたくさん並べられた皿と何本かのペットボトルを抱きかかえるようにして現れた。

どうもお客さま——邪神《やがみ》三姉妹のために、おもてなしの準備をしていたらしい。

「おぉ、ご苦労。そこ置いとけ」

部屋の主《ぬし》よりも横柄に、つるぎがお兄ちゃんに命じる。

お兄ちゃんはちびっこ先生に命令されたのが嬉《うれ》しいのか、わくわくしながらその指示に従っていた。うちのお兄ちゃんは相変わらず下僕体質だなぁ。

呆《あき》れつつも、わたしはパソコンチェアに深く体重を預ける。

さぁて、わたしはどうするかなぁ——。

「ほわわわわ……」

たまがノートパソコンを前にして、困ったように変な声をあげている。

「どうすればいいの？　どうすればいいの？」

「ふにゃあ。とりあえず、わたしか姉さんの真似《まね》をしていればいいのです」

パソコン初心者らしいたまを中心にして、彼女の右側につるぎ、左側にかがみが腰かける。

ちなみにお兄ちゃんはつるぎの右側である。

四人並んで、ほぼ同時にパソコンの電源をいれる。

機械音が響き、電波がみなぎるような独特の波動がこちらまで伝わってくる。

「あれ？」

パソコン画面に色が表示されるのを楽しそうに眺めていたたまが、ひとりだけ離れた位置に座っているわたしを見て首を傾げる。

「ささみお姉ちゃんは、『八岐大蛇《やまたのおろち》ＳＮＳ』っていうのやらないの？」

「わたしは遠慮しとく……」

興味ない顔をして、わたしはパソコンを起動させ、通販サイトとかをぶらぶら無意味に眺めているふりをする。

「面倒だし――それに、わたしブログを運営どころか書きこみもできないし、掲示板も利用したことないし、そういうＳＮＳとか何が面白いのかさっぱりわからないひとだから」

「ネットでも引きこもりなのかおまえ……」

つるぎが呆《あき》れたようにぼやいて、溜息《ためいき》をつく。

「まぁ、無理させてもしょうがないしな——パソコン貸してくれただけでありがたいし。月《つく》読《よみ》は協力してくれるよな？」

「はぁ……生徒が『八岐大蛇《やまたのおろち》ＳＮＳ』に夢中になって登校しないということなら、やはり問題ですし、どんなものか様子を見るだけでも——」

教師っぽいことを、思いだしたように言うお兄ちゃんだった。

そんな四人を眺めつつ、わたしは自分のパソコン画面に視線を戻す。

あの四人の位置からでは、背後にいるわたしが何をしているのかはわからないだろう。

ヘッドフォンを装着し、デスクトップのアイコンをクリックする。


『八岐大蛇ＳＮＳ』が——起動される。


言えない……。

わたしがすでに『八岐大蛇ＳＮＳ』にどっぷりはまりこみ、引きこもりを利用して何千時間も没頭しているネトゲ廃人だなんて……。

画面上では『ササミサン』という外国人の名前に見えなくもない感じのわたしのキャラク

ターが、全身レアアイテムで飾りたて、『八岐大蛇ＳＮＳ』のみんなから尊敬の眼差《まなざ》しを向けられている。

まさか、邪神《やがみ》三姉妹が『八岐大蛇ＳＮＳ』に目をつけるなんて――。

「………………」

わたしは暗澹《あんたん》としながらも、画面内のキャラを動かしはじめる。

もしも邪神三姉妹が『八岐大蛇ＳＮＳ』を『怪異』と判断し、叩《たた》き潰《つぶ》すつもりなら――わたしは全力でそれを阻止せねばならない。

せめて『八岐大蛇ＳＮＳ』の存在そのものを『なかったこと』にされないように……だってせっかくここまで鍛《きた》えたキャラが集めたアイテムが紡《つむ》いできた物語が無駄になるなんて考えたくもないし……。

場合によっては、今回は――わたしは邪神三姉妹と敵対することになる。

＠　＠　＠

『八岐大蛇ＳＮＳ』の会員登録と、必要なもののダウンロードをしながら、先ほどかがみがわたしのプリンタを借りて印刷した『八岐大蛇ＳＮＳ　入学の手引き』を読んでいる。

『八岐大蛇ＳＮＳ』は剣と魔法のファンタジー＋学園モノみたいな雰囲気のものなので、『ガイドブック』ではなく『入学の手引き』なのである。

まぁ、ネットゲームの哀しさで、ある程度以上の深みにはまるとそれこそ市販されている分厚いガイドブックを買うか、ネットで延々と情報収集する必要がでてくるわけだが。

わたしが助言してもいいのだが、今は状況を見守ろう。

こいつらが関わってきた時点で、普通どおりには進行しないだろうし……。

「『八岐大蛇《やまたのおろち》SNS』は、ワールド・ワイド・ウェブが一般社会にとけこみ誰もがネット環境に慣れ親しんだころから存在する、けっこう伝統のあるSNSのようです」

かがみが『入学の手引き』を参照している。

「ちっちゃい会社が細々とやっていたようで、いまいち有名にもなりきれずに――SNSとネットゲームの融和《ゆうわ》、という方向性も『どっちも中途半端』な感じで、いまいち世間からの評価は芳《かんば》しくなかったようですね」

「ゲーム性の高いエロゲみたいなものか」

つるぎが納得したように頷《うなず》いた。

「ゲームがやたら難しくてクリアできなくてエロ画像が見られない、おまけにゲームもべつに面白いわけじゃねー！　みたいな？　あたしはエロが見たくてこのゲームを買ったのに！　でも文章をずるずる読むのにも飽きてきてなー」

「何でもエロゲの話にしないでください」

穢《けが》らわしそうに姉を眺めて、かがみが吐き捨てた。

「ともあれ、そんな『八岐大蛇ＳＮＳ』も――ネットの技術が進歩するとともに徐々に理想に近づき、利用者数も増え、最近になっていっきにブレイクしたようなのです。やや不自然ですけどね――この過酷な消費社会で、そんなのんびり成長するのを待っていてくれるほど、世間も一般人も気が長くはないはずですが。どうしてこれを運営している会社は、これまで潰《つぶ》れなかったのでしょうか？」

「特殊な『改変』をされて、倒産しないように保護されていた――とか？」

つるぎが真顔でつぶやいた。

「あるいは利益度外視でやってたか。金儲《かねもう》けが目的じゃなかったのかもよ。誰も見てなくても、一銭にもならなくても――ホームページやブログを運営してる連中は山ほどいるだろうが。人間は金にならなくても物語を紡《つむ》ぐし、『自分のことを知ってほしい』っていう願望をもった生き物なんだよ」

どこか羨《うらや》ましそうに、ちびっこ先生は微笑《ほほえ》んだ。

「『誰でも一冊は本を書ける』――自分の人生っていう物語を、誰かに見てもらいたい。かたちとして残したい。あぶくみたいに消えたくない。その気持ちはわかるよ。神様も自分たちの物語を神話として残した。偉人たちも歴史書のなかに書き記した。だけど一般人だって物語のなかに生きている」

インターネットの世界には、無数のホームページやブログが、それ以外の何かが、小世界として散在し——箱庭をつくっている。

誰に求められなくても。お金を得られるわけじゃなくても。

人間は物語をかたちにして、残したがる生き物なのだ。

「紡《つむ》がれたたくさんの文字、世界を切り取ったような数々の写真、想像力が生んだ絵画や音楽——ネット世界にはおびただしい量の物語が渦巻いている。けれどそれらは、たいていの場合……誰にも顧《かえり》みられずに、土砂のように積みあがるだけ」

つるぎが遠い目をする。

「誰にも知られなかった物語は、どこへ行くんだろうな？　意味がなくても利益がなくても、どうして人間は物語を紡ぐんだろう？　『自分』を中心とした神話をひたすら書きつらね、人間たちは何になろうとしてるんだかな？」

意味のわからない独白をしてから——つるぎは難しそうな顔になる。

「何であれ、この世界が人々の幻視する黒い箱《シュレーディンガーの猫》のなかで構築されている現状、人々の『求める気持ち』を集めた神的な存在は強くなる。元はどれだけちっぽけな存在であろうとも、信者を集め、行動範囲を広げれば——世界に対する影響力が増す。『八岐大蛇《やまたのおろち》ＳＮＳ』のユーザーは三十万人……ちと、厄介な存在かもしれねーな」

「よくわかりませんが」

かがみが、心配するようにつぶやいた。

「えぇっと――人間をたくさん味方につければ、その生命力を取りこんで、神はパワーアップする……ということですか？　『八岐大蛇ＳＮＳ』を牛耳《ぎゅうじ》っている神は、そのため途方もなく強化されている――と？」

「まぁそういう解釈でもいい。人間の生命力を吸収して育っている怪物、みたいなイメージかなー。正しく理解しなくても起きる現象には対応できる。それに、どれだけ強化されてようが――所詮、あたしら三姉妹の敵じゃねーよ」

呑気《のんき》につぶやいて、つるぎはパソコン用のゲームコントローラを握りしめる。

『八岐大蛇ＳＮＳ』のゲーム部分はマウスとキーボードだけでも操作が可能なのだが、つるぎがコントローラがないとやりにくいと主張したので、彼女には貸してあげた。

「まぁ、せいぜい楽しんでみようぜ。愚《おろ》かにもあたしの生徒に手をだしたこと、後悔させてやる――これ、ＲＰＧみたいなもんなんだろ？　キャラをつくって、冒険して、レベルをあげて……」

「ふにゃあ。『そういう機能もある』というだけなのです。基本はＳＮＳですよ――『八岐大蛇ＳＮＳ』のなかで展開する『物語』にあわせてたくさん『イベント』が発生するので、それにあわせて他人とのコミュニケーションをとるのが主目的ですね」

『入学の手引き』をぼんやり眺めながら、かがみが説明する。

「やりたいひとはゲームにのみ集中することも可能なようですが、ミニゲームで遊んだり、コミュニティをつくったり、それこそブログをつくったり……かなり自由にできるようなのです。『ゲーム性の強いSNS』といったところでしょうか」

いつも読書してる印象なのに文字を読むのが遅いのか、考えて『理解する』のが苦手なのか、かがみは焦《じ》れったいほどゆっくり喋《しゃべ》る。

「わたしたちはひとりのキャラを作って、まずは『八岐大蛇《やまたのおろち》SNS』にたくさんある学校のひとつに『入学』するようですね。そして三年間、そのキャラを操って学園生活を送るようです」

「三年も？」

つるぎの疑問に、かがみは無表情のまま。

「あくまでゲーム内での時間ですよ。現実の時間に合わせれば——まぁ、だいたい『一年』が『一か月』ぐらいでしょうか。三年が経過するとキャラは『卒業』し、手にいれたアイテムやお金をある程度は引き継ぎつつ、新たなキャラを作って『入学』する～というのを延々と繰りかえすようです」

「『卒業』すると特典があったりするのか？」

「ええ。機能が増えますね。キャラの見た目やら種族やらに新しいものが追加されたり、新規のイベントを体験できたりするようですね。ブログやコミュニティ、他のSNSでは『友達』と呼ばれるものと同じような『仲間』とやらは引き継がれます。プレイ時間が増えるほどにアイテムやお金は増えていきますし、だんだん豪華に遊ぶことができるようになるみたいですね。『卒業』もマンネリを防止し、飽きずに遊ぶための措置なのでしょう」

そのとおり。

わたしもキャラを何十回も『卒業』させている。

『卒業』したキャラはＮＰＣ《ノン・プレイヤー・キャラ》となり、『八岐大蛇ＳＮＳ』の内部の町で店員や教師になってることもあって、うっかり遭遇したりすると嬉《うれ》しいのだ……。たまに何があったのかモンスター化していて襲いかかってくることもあるけど、それもまた面白い。

「さらに三年間のなかで優秀な成績を残したキャラは、『卒業』せずに——特別ステージである『ヴァルハラ』に送られ、壮絶な生き残り戦を延々と続けられるようです。そこには同様に『ヴァルハラ』に送られた生徒たちや経験を積んだモンスターたちがいて、飽きもせずに潰《つぶ》しあいをしているとか。これはまぁ、ほんとにゲームが大好きでハイレベルな冒険がしたいひと向けですね……」

「あたしらが、そこまで深みにはまることはねーだろうけどな」

つるぎは楽しそうだと思ったのか、目を輝かせる。

「おっ、ダウンロードが終わったみたいだぞ。もうこれで始められるのか？」

「そのようですね。皆さんも終わりましたか？」

たまとお兄ちゃんもそれに頷《うなず》く。このふたりはゲームとか苦手っぽい。

ともあれ四人は同時に、画面上に表示された『八岐大蛇《やまたのおろち》ＳＮＳ』のアイコン――名前のとおりに、八つの首をもつドラゴンみたいなのをクリックする。

@　@　@

美麗なオープニングムービーが流れる。
それはひとつの世界である。
蒼《あお》く美しい惑星。その周りには五つの月。
ところどころ赤や紫の色をした海のなかに、いくつもの大陸や島が散在している。
ドラゴンが舞い、巨人が闊歩《かっぽ》する、ファンタジーな世界だ。
そんな世界を飛び回るような映像とともに、テロップが流れる。

かつて世界をつくった神々は悔いていた。
無数の神々が世界を好き放題に弄《いじ》くりまわし、己《おのれ》の願望のままにつくりかえた結果
世界は見るもおぞましい混沌《こんとん》そのものに成りはてた
〝やり直そう〟
〝これは失敗である〟

そう判断した神々はひとつに集合し
まず世界を平らにならすためにすべてを破壊する八岐大蛇へと集合した
八つの首にそれぞれ破滅の象徴をまとわせたこの怪物は、世界を無慈悲に蹂躙《じゅうりん》していく
だが神々は予想していなかった
この失敗した世界に息づく無数の生命が
そんな神々の意志に気づき、猛烈に抗《あらが》ったのだ
〝我らは失敗ではない〟と
決意と勇気を抱《いだ》き、一致団結した世界じゅうの生命たちは
ついに破壊神たる魔王・八岐大蛇を激戦の果てに封じ、束《つか》の間《ま》の平和を取り戻した
だが八岐大蛇は滅んだわけではない
この魔王が再び蘇《よみがえ》り世界を滅亡に追いこもうと活動するとき、勝利できるように――
各地に学び舎《や》がつくられ、前途有望な若者たちが世界じゅうから集められた
世界を守る使命をおびた彼らを――ひとは『防衛者』と呼んだ
同時に混沌の時代には快楽におぼれ、好き勝手に振る舞っていた人々は
自己を改め、清廉《せいれん》に生きていくことを誓った
二度と神々に〝失敗だった〟と判断されないために
世界の防衛と、自己の修練のために用意された無数の学園――

あなたは未来への希望を抱《いだ》きながら、そのひとつに入学する
怠《なま》け享楽《きょうらく》にふけり、遊びほうけるのもいいだろう
だが忘れてはならない
我らはその浅ましい怠惰《たいだ》で醜悪《しゅうあく》な気持ちのせいで
いちど神々に見切りをつけられたのだ
世界を守るため、あるいは神々の信頼を勝ちとるため――
若者たちよ、ともに青春を分かちあい、切磋琢磨《せっさたくま》していこうではないか

最終的に画面はいちばん巨大な大陸の真ん中にある、煉瓦《れんが》づくりの家々と歯車が重なったような機械的な塔が目立つ、不思議な町に辿《たど》りつく。

その町で最も目立つ天井から世界樹が生えた白亜の宮殿の扉が、おおきく開かれる。

門番が道をあけ、真っ赤な絨毯《じゅうたん》が敷かれた、光が零《こぼ》れるロビーを進んでいく。

いちばん奥に芸術的なデザインの小部屋が現れて、巻物や羊皮紙《ようひし》らしきものが並んだテーブルの向こうで、眼鏡《めがね》をかけた優しそうなエルフがにっこりと微笑《ほほえ》む。

マキナ『学園管理塔へようこそ、新入生の皆さん』

「おお、喋《しゃべ》った」

つるぎが驚いていているのは、画面に表示される文章といっしょに有名声優の鼻にかかったよう

な声が響いたからだろう。

　このマキナさんは新入生の案内をしてくれたり、いろいろなイベントに顔を見せたりしてくれる人気キャラだ（ゆったりした服を着ているので、同人誌とかでは『マキナさんは貧乳だ！』『いやマキナさんは隠れ巨乳じゃないと認めないね！』とか無駄な論争がおきている）。

　マキナは先ほどかがみが説明してくれたようなことをかんたんに語ると、一枚の書類をこちらに手渡してくれた。

マキナ『まずは、どの「学園」に入学するか決めてちょうだい』

　書類がぶわっ、と画面に広がるような演出がある。

マキナ『あなたは「八岐大蛇《やまたのおろち》ＳＮＳ」は初めてのようだから、まずは初心者向けの三種類の「学園」のなかから選んでね。「オリンポス学園」はゲーム好きなあなたにお勧め。「イェルサレム学園」はお友達と交流したいあなたにお勧め。どちらも楽しみたいっていう欲張りさんは「タカマガハラ学園」にするといいわ』

「ギリシャ神話、聖書系、日本神話か……」

　つるぎが独り言のようにつぶやいた。

「四人は一緒に行動したいし、同じ『学園』を選ぼうぜ。『タカマガハラ学園』でいいか？無難そうだし、日本神話ならあたしも多少は詳しいしな」

「それで構いませんよ」

お兄ちゃんは流されるがままに、提示された『タカマガハラ学園』を選んだ。

他のみんなもそうする。

マキナは満足そうに頷《うなず》くと、次の書類を手渡してくる。

マキナ『承《うけたまわ》ったわ。それじゃ——次はあなたたちのことを、もっと詳しく教えてくれる？

ここに必要事項を記述してちょうだい』

そして画面が切り替わる。

羊皮紙《ようひし》のような色彩の画面に、いくつもの項目が表示されている。

項目の多くはいまだ空欄である。

つるぎが理解したように、うんうん頷いた。

「キャラメイクだな。これでキャラ——『八岐大蛇《やまたのおろち》ＳＮＳ』での、自分の分身として操る存在をつくるわけだ。こういうのはふつうのゲームにもあるな……ふぅん、名前に性別、種族に職業——」

「ふにゃあ」

かがみが物怖《ものお》じせず、あちこち弄《いじ》くっている。

「『学園モノ』のはずなのに、見た目とかわりとフリーダムなのです。ヒゲとかハゲとか……。あと学生なのに『職業』って——」

「まぁ、そのへんは気にしたら負けだろ。んお、『種族』は三種類しかねーのか。『人間』『エルフ』『魔族』……」

「『卒業』をすると、その成績に応じていろいろ選べるようになるみたいですね。『エルフ』は人間より貧弱ですが知能が高く魔法が得意。『魔族』は人間と能力は変わりませんが、『学園に潜入し、魔王様の世界征服のために学園を占領するため行動するスパイ』みたいな設定らしく、特殊なイベントが発生しやすいようです」

「ふぅん」

つるぎが床に寝そべり、早速だらしない姿勢になってしまった。

「見た目とかは混乱しないように、自分たちに似てる感じにしようぜ。お、カメラで自分の画像を取りこめば自動で似てる外見をつくってくれるのか――おい鎖々美《ささみ》、カメラ」

「はいはい」

わたしは呼ばれたので、パソコンに接続するカメラを用意してやる。

全員分を撮影し、それぞれのパソコンに転送。

それを元にして、キャラの見た目がつくられる。

それぞれの画面に表示されたのは、美麗なグラフィックでかたちづくられた、かなり本人によく似たキャラだった（服はみんな似たような中世ヨーロッパ風のものを着ている）。

「おぉ、すげぇ。あたしが画面のなかにいる」

つるぎが喜んでいる。

「本音をいえばもっとセクシーでお色気ばつぐんの美女にしたかったんだけどな！」

「そんな姉さんは見ていて哀しくなるので、やめてほしいのです」

「たまも、ちっちゃいのがよかったな」

姉たちの会話に、たまが寂《さび》しそうにつぶやいた。

「あのねー、たまねー、おっきいから。いつも教室の後ろに座らされるし、みんなと同じだけ食べてもすぐお腹《なか》がすいちゃうの。みんなと同じぐらいの背の高さがよかったな」

「贅沢《ぜいたく》な悩みを……」

つるぎが嫌《いや》そうにつぶやいて、テコテコテコ、とタイピングする。

「名前も自分たちと同じのつけようぜ。見分けやすいしさ。ツ、ル、ギ、と」

「では僕は『カミオミ』ですね」

「前から思ってたんだけどさ、おまえの名前すげえ発音しづらいよな。ツクヨミカミオミって『ミ』が多いんだよ！　名前呼ぶたびに噛《か》むよ！」

「そんなことを言われても――読みにくいといえば、かがみさんも大概ではないですか？『ヤガミカガミ』って早口言葉みたいですよ？」

「おおきなお世話なのです」

「ひーん！　ふたりだけずるい！　たまも読みにくくなってお揃《そろ》いになる！」

たまがよくわからないヤキモチをやいていた。

無駄話をしているうちに、つるぎが手早くキャラメイクを終える。

「よし、できた！」

「早っ」

かがみが驚いた顔で、姉の画面を覗《のぞ》きこむ。

「どんなのにしたのですか？」

つるぎのキャラは以下のようなものだった。

名前／ツルギ　種族／人間　性別／女性　年齢／十六歳
「……じゅうろくさい？」

「仕方ないだろ十六歳しか選べないんだから！」

『八岐大蛇《やまたのおろち》ＳＮＳ』は『学園モノ』であり、高校を舞台にしているので、みんな入学するときは十六歳らしい。

それ以外にも『出身地』だの『将来の目的』だの『趣味』だの『特技』だのの項目があるが、そのあたりはあまり重要でないのでどうでもいい。

問題なのは、数千種類にも及ぶという『職業』である。

そのどれを選んだかによって、できることの幅が決定し、また装備なども限定されていく。

『秘密の職業』やある程度の経験を経てから転職する『上級職』などもあって、わたしもすべてを把握《はあく》しているわけではない。

「あたしこういうのはガンガン進めたいひとだから、『職業』は戦士系を選んだんだ。ほら、『巨剣士』っていうの。強そうだろ」

「ちっちゃな身体《からだ》におっきなパワーですね」

かがみが感心していると、画面内のマキナがにこやかに書類を受け取る仕草をした。

マキナ『はい、問題ありません。おや……？』

眉《まゆ》をひそめ、マキナは書類をじっと見据える。

マキナ『いけませんね、ツルギさん。書類には本当のことを書かないと』

「え!? 書類不備!? 嘘《うそ》、やっぱり十六歳って書いたのがいけなかったのか!? いいじゃんかネットゲームでぐらい年齢を偽《いつわ》っても、青春を取り戻しても!!」

「いえ、待ってください、これは――」

錯乱しているつるぎに、かがみが『入学の手引き』を眺めて首を傾《かし》げる。

マキナ『あなたの本当の「職業」は、こっちでしょう？」

語りながら、マキナが書類に赤字で『×』をつけ、書き換える。

『職業』に記載された『巨剣士』の文字が綺麗《きれい》に消えて、その代わりに――。

「これはラッキーですよ、姉さん。こういうメッセージが表示されたということは……『入学』の際に、ごくわずかな確率で就《つ》けるというレアな『職業』になれるのです。通常の『職業』に比べて、性能は少なくても三倍以上――幸先《さいさき》がいいですよ、これは」

「え、嘘。そんなのがあんの？」

俄然《がぜん》、嬉《うれ》しそうになったつるぎが、画面を注視する。

「どんな『職業』に――」

期待感に満ちたその表情が、硬直する。


マキナ『はい、ツルギさんの「職業」は「巨剣士」ではなく「番長」でしょう？』


「ばんちょう!?　何じゃそりゃ!?　あたし現実では教師なのに!?　つうか職業かこれ!?」

マキナ『それじゃあ、「番長」の初期装備を支給するわね』

慌《あわ》てるつるぎを無視して、マキナが優しい笑顔のまま宝箱を開いた。

『八岐大蛇《やまたのおろち》ＳＮＳ』では、入学の際にそれぞれの『職業』にあわせた初期装備と、２００ゴールドの資金が提供されるのだ。

「どんな装備が……」

つるぎが渡されたアイテムを確認して、読みあげる。

「まぁ初期装備だしほとんど『装備なし』だけど……おっ、右手は『木刀』……木刀!?　服装は『特攻服』!?　初期アイテムは『煙草《たばこ》×３』っておい!!　これから入学式なのに気合入りすぎだろあたし!?　『剣と魔法の学園ファンタジー』なのに!?」

マキナ『それでは、どうか楽しい学園生活を送ってちょうだいね♪』

「いやおまえもこんな格好してる新入生を笑顔で送りだすなよマキナぁあ!! こいつは絶対に楽しい学園生活送るつもりないよ!! 『あぁん!?』とか『ビキビキッ……!!』とか『〜してやンよ!!』とか言いまくる不良漫画みたいな展開しか想像できねぇよ!!」

「ご愁傷様《しゅうしょうさま》なのです、姉さん」

かがみは姉の悲劇を鼻で笑うと、自分の作業も終えた。

「わたしもできたのです」

「うー……かがみも変なキャラになればいいのに」

泣きそうになりながら、妹の画面を覗《のぞ》きこむつるぎ。

名前／カガミ　種族／エルフ　性別／女性　年齢／十六歳

「あ、『エルフ』にしたんだ」

「はい。集団で行動するにしても、誰かひとりは回復役が必要かと思いまして——そっち方面の『職業』を選んでみたのです。回復が主体なら体力のある『人間』よりも、知能や魔力の高い『エルフ』かなって」

「なるほどな。どんな『職業』選んだんだ？　僧侶とか、医者とか？」

「これなのです」

かがみは自信満々に画面を指さした。

職業／獣医

「獣医!?」

「わたしの夢は愛らしくふわふわの毛皮をしたたくさんの動物さんたちにモフモフしながら延々と平和に眠りつづけることなのです。憧れますね獣医さん――」

「いや治療をせずに動物と眠りこけてる獣医がいたらあたしは殴《なぐ》るけど……ていうか回復役なんだろ――獣医ってさー、人間とか治療できんの？」

「あ」

かがみは書類をマキナに手渡した、もはや取りかえしのつかない段階になってそのことに思い当たったのか、目を丸くしていたが。

すぐに目を閉じると、ごろんと横になってすうすう寝息をたてはじめた。

「おまえ都合悪くなると眠っちゃうよな……」

いちど決めてしまった『職業』は、この時点では変更できない。寝てしまった妹に代わって、つるぎが支給された装備品を勝手に確認している。

右手／注射器

「怖《こわ》っ!?」

びびっているつるぎの横で、ねむねむ、とつぶやきながらかがみが起きる。

「あ、『麻酔薬×3』も所持しているのです。いろんな薬液とかを使い分けて注射することが

できるみたいですね。ふむ、姉さんの持ってる『煙草《たばこ》』を水に溶かせばニコチンは猛毒なので
たぶん敵は即死するのですよ？」

「だから怖《こわ》いよなんか!!」

「たまもできたお！」

ファンタジーらしくない会話をしているふたりの真ん中で、たまが両手を挙げた。

名前／タマ　種族／魔族　性別／女性　年齢／十六歳
「……何で『魔族』にしたのですか？」

「え？　だって、なるべく『現実の自分』と同じにするんだってつるぎ姉《ねえ》が――」

「まぁ、『人間』か『エルフ』か『魔族』かでいえば『魔族』ですかね、わたしたち」

かがみが納得したように頷《うなず》いた。

「どんな『職業』にしたのですか？」

「うんとねー、たまねー、……えへへ」

嬉《うれ》しそうに、たまは画面を指さした。

職業／パティシエ
「パティシエーっ!?」

つるぎが叫んでから、かがみに不安そうに問いかける。

「……って何だっけ？　おぼろげには理解してるんだが、どんなお仕事だっけ？」

「わたしもよく知らないのですが――えぇっと、お菓子職人……？」

「あのねー、たまねー、お菓子つくるひとになったら毎日チョコとか甘いのたくさん食べられるかなって、だからパティシエ……えへへ」

　自分の欲望に忠実だなぁこいつら。

　つるぎが呆《あき》れたように吐息を漏《も》らす。

「『剣と魔法の学園ファンタジー』なのに……妙に現実的な職業が揃《そろ》っちまったな。あたしの『番長』もどうかと思うが、『獣医』に『パティシエ』って……収入は高そうだけど、何をする集団なのか不明すぎる」

「あ、そうぴひんが支給されたお」

　たまがマキナから渡されたアイテムを、いちおうチェックしている。

　右手／包丁
「だから怖いよなんか!!」

「でも包丁がないと料理とかできないお？」

「それはそうだけどさ!!」

　などと仲良く会話している姉妹の横で、お兄ちゃんが沈黙している。

　重苦しい雰囲気で、押し黙っているのだ。

「先生？」

かがみが気づいて、お兄ちゃんの後ろに寄り添う。

「早く決めないと、これ時間制限があるみたいですから――」

そのとおり。画面にはカウントダウンが表示されており、あと数十秒でお終《しま》いになる。

けれど残念、お兄ちゃんは優柔不断《ゆうじゅうふだん》なのだった。

名前／カミオミ　種族／人間　性別／男性　年齢／十六歳
そこまでは何とか決めたようだが、『職業』で迷っている。

まぁ他人の言いなりになってこの年齢まで生きてきたお兄ちゃんが、「やりたい職業」なんか選べるわけがないのだけど……。

お兄ちゃんはうんうん唸《うな》って、困りきっている。

「どうしましょう……いったいどれにすれば――み、皆さん、僕は何者になればいいんでしょうか？　どんな『職業』を選べば……」

「いや、好きにすればいいんじゃねーの？」

つるぎが困ったような顔をしている。

そうこうしているうちに時間切れになって、画面が強制的に切り替わった。

マキナ『…………』

マキナが書類を回収し、しげしげと眺めている。

そして溜息《ためいき》をつきながら眼鏡《めがね》を外すと、侮蔑《ぶべつ》するような視線を向けてきた。

マキナ『……どうやら時間内に「職業」を決められなかったようね——たかがゲームの選択《せんたく》肢《し》くらいさっさと選べないの？　きっと現実のあなたも、自分では何ひとつ決められずに親のすねを囓《かじ》って生きている寄生虫みたいな愚図《ぐず》なんでしょうね……』

「さっきまで優しく応対してくれたお姉さんが僕を罵倒《ばとう》する⁉」

お兄ちゃんはゲームのキャラにすら酷《ひど》い扱いを受けていた。

マキナ『まぁいいわ、それじゃ仕方ないから私があなたの「職業」を選んであげる……ぷぷっ、てめぇみたいなのにはこれがお似合いだよ‼』

豹変《ひょうへん》した顔で叫んだマキナが、書類に文字を書き殴《なぐ》る。

職業／負け犬
マキナ『それじゃ、楽しい学園生活を送ってね、ま・け・い・ぬ……キャハハハ‼　現実の寂しい人間関係をゲームで埋めようとしたんだろうけど、ネットもそんなに甘くねぇんだよバアカ‼　絶望して自殺サイトに辿《たど》りついて首吊って死ね‼」

「僕はそこまで罵《ののし》られるようなこと何かしましたか⁉」

「おまえはゲームとかでも残念なんだなー……」

げらげらと有名声優のボイスで笑いつづけるマキナと、愕然《がくぜん》とするお兄ちゃんを眺めて、つるぎは深々と溜息《ためいき》をつくのだった。

もはや先行き不安すぎる……。

第十話／ようこそ高天原《たかまがはら》へ

『基本画面』と呼ばれる、ふつうのSNSのようなものが表示される。

「ふむふむ……」

お兄ちゃんが顔を隠してるのにどうやって前を見ているのか、よくわからないなりに何か納得したように頷《うなず》いている。

ここではブログを書いたり、お友達にメッセージを送ったり、掲示板を運営したり、コミュニティをつくったりと——コミュニケーション系のことはたいていできる（当然、ゲーム内でもいつでもこの画面は呼びだせる）。

ふつうのRPGにおけるメニュー画面みたいなものなのかな——現在、使用しているキャラの外見や装備品の変更なんかもできる。やりこみ要素が満載のミニゲームなんかもあって、この基本画面だけを運営してゲームはしないひとも多いとか。

「ともあれ、せっかくキャラをつくったんだからな。どんなもんだか遊んでみようぜ」

つるぎが楽しそうに言って、ひとりだけコントローラを操作する。

「ログイン――っと」

画面内にある『「学園」へ向かう』というボタンを目ざとく発見し、彼女がいちばんにログイン。

つづいて、それを真似《まね》して他のみんなも同じようにした。

画面が切り替わり、わずかなロード時間のあと――。

「おぉ」

お兄ちゃんが感心したような声をあげる。

画面内にはどこか和風テイストな、それでも幻想的な町並みが広がっていた。

土を固めたような素材の建物が並ぶ、『タカマガハラ学園』の城下町だ（『学園』は魔王襲来時には城になるらしく、その近くにある町は城下町と呼ばれる）。

最初にログインすると町のてきとうなところに飛ばされる。

行き交う人々はほとんどがキャラか、それが『卒業』しＮＰＣ《ノン・プレイヤー・キャラ》となった町の住民のようで、頭の上に『ＨＰ《ヒット・ポイント》』と『ＳＰ《スペシャル・ポイント》』が数字とバーで表示されている。

西洋風の甲冑《かっちゅう》をまとった剣士、獣毛が勇ましい狼《おおかみ》人間、背中の翼を羽ばたかせて飛ぶ鳥人間などなど――わけのわからんのがいろいろいる。

ちなみに、お兄ちゃんは――。

「これが僕……？」

何やら新しい快感に震えているような声で、周りのひとから何ともいえない表情を向けられたりしていた。

キャラの見た目は装備によって変化する。

お兄ちゃんはなぜかマキナさんが何もくれなかったので、気持ちいいぐらいに全裸だった。

下手にカメラで現実のお兄ちゃんと似させた見た目だったので、非常にいかがわしい。

見かねた通行人が「あの……何があったか知りませんが、これ」と『ぼろきれ』という装備品をくれた。

うわ、ゲーム開始して数秒で他人から施《ほどこ》しを受けている。

『ぼろきれ』を身体《からだ》に巻きつけつつ（あんまり露出度は変わらないが、歩き回っても逮捕されない程度にはなった）、ふらふらと徘徊《はいかい》する。

「最近のゲームはすごいですねぇ。とてもリアルです。僕がやったことがあるゲームは画面の上のほうから延々とブロックが落ちてくるようなやつで……」

「最近のゲームじゃこのぐらい、珍しくねーよ」

それでも楽しそうに、つるぎはお行儀悪く寝そべったままつぶやいた。

ゲーム大好きな彼女はさっそく順応したのだろう、リーダーシップを発揮する。

「とりあえず合流しようぜ。もうじき『学園』の敷地内の『講堂』っていう場所で入学式が行われるらしい。まずはそれに参加しねーとな。四人ばらばらに行動してもしょうがねーし、そ

「了解したのです」

の『講堂』の前の……なんか銅像があるらしいから、その前で集合しよう」

「移動って……」

冷静に応えるかがみの横で、たまがマウスをカチコチとクリックしている。

「あ、こうやるんだ。たま覚えた。これで会話……あいてむ確認……」

さすが小学生、何も知らないかわりに物覚えがいい。

いちばん不安なのはお兄ちゃんだったが、周りのひとが挙動不審なその姿を心配したか警戒したか「あの、追いはぎにあったみたいな服装ですけど……だいじょうぶですか？」などと話しかけてきて、彼らに物怖《ものお》じせずに道を尋《たず》ねて案内してもらっていた。

お兄ちゃんはわたしとちがって、コミュニケーション能力は高いんだよなぁ。

羨《うらや》ましい。

「しかし、ほんとに幻想的な町のなかを歩いているみたいなのです」

しばし退屈な移動時間だったので、雑談をしている。

「まぁ、どんなに綺麗《きれい》でも——さすがに現実よりは劣りますが」

「それを言ったらお終《しま》いだろ」

つるぎが妹の意見に苦笑した。

「だけどさー、遊べる場所が『現実』しかねーのもつまらない話だろ？　あたしはゲーム好きだよ、自分以外の誰かがつくった夢のなかを旅行できるみたいでさ」

「それなら小説などでも良い気がしますが——まぁ、自分の分身を操って行動できるのは、ゲームぐらいですしね。危うい気もしますが、この感情移入というか、自我が分裂するような感覚は……おっと、到着したようなのです」

「たまも『講堂』の前にきたお！　かがみ姉《ねえ》、どこ？」

『学園』の敷地内はかなり広いが、生徒でごったがえしている。

ユーザーの数が増えすぎて、こういう誰もが利用できる『学園』内の施設にキャラが集まりすぎて処理落ちしたり、重くなったりしちゃうのが最近の『八岐大蛇《やまたのおろち》ＳＮＳ』の悩みだとか。

けれど邪神《やがみ》三姉妹が何かしてるのか、そういうストレスになる現象は発生せずに、実になめらかにキャラは動いている。

広場である。

目立つ白塗りの『講堂』のそば。

なぜか建っている西郷隆盛《さいごうたかもり》と愛犬の銅像の前に、ようやくお兄ちゃんも辿《たど》りついた。

ここまで案内してくれた親切なひとに感謝し、ゲームのなかでもペコペコと頭をさげつづける宿命にあるお兄ちゃん。

「お待たせしました、かがみさん、たまさん」

タマ『yがわhwんじこっ』

「たま？　どうしました？　頭が変になりしましたか？」

「くちでしゃべってるとゲームっぽくないから、『タマ』にしゃべらせてみたんだけど、よく考えたらたま、きーぼーどの使い方よくわかんない」

「いちいち文字を打ちこむのも面倒ですし、マイクもないですしね――わたしたちの間では、口頭で会話をすればいいのでは？」

タマ『おおおおおああああああ』

たまは納得いかないのか、しばし奇声を発していた。

そんな二人の姿は、『初期装備』などでやや変化している。

基本はカメラで取りこんだ画像でつくられているので、現実の彼女たちとよく似ている。平均的な背丈《せたけ》と体格のかがみはエルフなので耳がちょっと尖《とが》っていた。

職業にあわせて支給された『ナース服－《マイナス》3』『ナースキャップ－《マイナス》3』を装備していて、見た目は看護師さんだ（手にぶっとい注射器を持っているのがやや怖《こわ》いっていうか殺人鬼みたいだが）。

ちなみに装備品にある『－《マイナス》』は、学園内にある実験場で『装備品の強化』を行うことで変動し、『＋《プラス》』にしたりもできる。その装備品が気に入った場合は、わざわざ強い装備に変えなくてもひたすら鍛《きた》えることもできるのだ。

装備で外見が変わる『八岐大蛇ＳＮＳ』なので、そういう仕組みがある（わたしは『スクール水着＋《プラス》240』というアホなひとを見たことがあります）。

「おぉ、かがみさん、立派な看護師さんですねぇ」

「獣医なのです。ただの人間には興味ありません」

「たまも見て見て、パパりん！」

余計な動作を覚えたらしく、たまがその場でくるりとターン。

ゲーム内ではどこかよく馴染《なじ》む、誰かが『理想の女体』としてキャラメイクしたとしか思えない妖艶《ようえん》なナイスバディ。

種族は『魔族』なので肌はやや色が濃く、身体《からだ》のあちこちに『魔王に忠誠を誓う』という意味の真っ赤な入れ墨《ずみ》があるが（いや、『学園に潜入したスパイ』っていう設定なんだからもうちょっと正体隠せよ）。

たまは『パティシエ』なのだが、装備品はなぜか『メイド服－《マイナス》3』だった。

まれに支給されるレアなアイテムである。そういうラッキーな出来事に遭遇しやすいのは、こいつらが世界に優遇される神様的な存在だからなんだろうなぁ。

メイド服で包丁を握りしめたたまは、やっぱり悪い冗談みたいだったが。

「ふたりとも、とても可愛《かわい》らしいですね」

「そう言う先生は、一緒に歩くのが嫌な感じなのです」

ほぼ全裸のお兄ちゃんに、かがみが穢《けが》らわしそうな視線を向けている。

「あとはつるぎ姉《ねえ》だね」

たまが周囲をきょろきょろして、飼い犬のように素早く姉の姿を見つけた。

「あっ！　つるぎ姉だ！　おぉい、こっちだお！」

「ふにゃあ。待つのです、様子がおかしいのです」

飛びだしていこうとするたまを、かがみが制した。

彼女らがいる場所から、やや離れたところで──。

ツルギ『だから、謝《あやま》れっつってんだろ』

ケンジ☆『も、もう勘弁してくれよ……』

ミキ☆『もぉ、何なのこいつ！　頭わるぅい！　ちょっと肩がぶつかっただけでしょ！　無視して行こうよケンちゃん！』

ふたり組のカップルらしい美男美女（たぶん、キャラメイクでがんばって美形にしたのだと思われる）が、特攻服に木刀を装備したおそろしいつるぎに絡まれていた。

ツルギ『ぶつかっただけじゃねーよ、きっちりダメージ食らってんだよ。ふざけてんのか、ぁあん？　あたしもふつうに謝ってくれたら何も言わねーよ、なんで笑いながらどっか行こうとすんの？　おまえらが正義の味方で、あたしが悪者か？　ちがうだろ？　反省の色が見えねーんだよ、謝れよ！』

ミキ☆『何こいつぅ……うっざぁい。空気読めなぁい、あたしたち楽しく遊びたいだけなのに！　馬鹿じゃないのこいつキモい……！』

ケンジ☆『お金だろ、お金払うからさ』

　ツルギはケンジ☆から１０００ゴールド受け取った！

ツルギ『ちげーよ、何勘違いしてんだ腐《くさ》れパスタ。金払えっつったか？　あぁ？　いちどでも要求したか？　ちがうだろ、ごめんなさいって言えつってんだよ！　幼児かてめーら甘えてんじゃねーぞ！　キモいウザいとか言って金だけ払ってれば世の中渡っていけると思ってんのかガキども！』

　美男美女の西洋鎧《よろい》をまとったカップルを前に、ちびっこ番長が説教を垂れるという世にも珍しい光景が展開するなか、かがみが呆《あき》れきっている。

「ね、姉さんがカツアゲしてる……いちおう仮にも教師なのに……」

ミキ☆『うわーん！　楽しく遊べるって聞いたのにケンジの馬鹿！　もうやめる！　もうこんなゲームやんないもん！　つまんないまじキモい！』

ケンジ☆『あ、m……』

　ケンジとやらの台詞《せりふ》は途中で途切れて、ふたりは硬直して動かなくなる。

　プレイヤーたちが、その操作を放棄したのだろう。

ツルギ『結局、最後まで謝《あやま》らないとはな――親はどういう教育してんだ、ったく』

「いや、姉さんも大概だと思うのですよ」

器用に足でタイピングして文字を打ちこんでいるつるぎとちがって、かがみは自分のキャラを動かすのに精一杯なので、ふつうに声で会話していた。

「自己中な若者もそれはそれで鬱陶《うっとう》しいですが、礼儀とか法律とかを後ろ盾にしてやたら正義ぶるおばさんも、それはそれでウザいのですよ？」

ツルギ『誰がおばさんだ……』

文字と声で会話してるので、ゲーム内ではつるぎが独り言をいってるみたいに見える。

ともあれ全員集合したので、『講堂』へと向かうことにした。

教員／キキョウ『間もなく「タカマガハラ学園」の入学式が始まるでござんす！』

和服を着た侍《さむらい》っぽい教師が、『講堂』の前で生徒たちを集めていた。

＠　＠　＠

校長／ナツメグ『新入生の皆さん、「タカマガハラ学園」へようこそ♪　拙者《せっしゃ》が校長のナツメグだニャ♪』

なぜか振り袖《そで》に猫耳の幼女が、背伸びしてマイクスタンドを前に一生懸命に喋《しゃべ》っている。

『タカマガハラ学園』は日本神話に基づいた作風らしく、だいたい和風である。

『講堂』も内部は武家屋敷みたいで、多国籍な入学生たちが逆に浮いているほどだ。

鎧《よろい》をがちゃがちゃ鳴らしたり、小声で会話したりしながら、魔王から人間の世界を守るために学んでいく『防衛者』の卵たちは校長の話を謹聴している。

校長／ナツメグ『魔王は封印されたとはいえ、いまだその眷属《けんぞく》である魔族たちは暗躍し、かつての魔王戦争の名残《なごり》で汚染された区域からはモンスターが溢《あふ》れてきている——。諸君はそんなこの世の悪に対抗し、大切なひとたちを守るために戦う道を選んだ誇り高い勇者だニャ！見事、この「学園」で学び己《おのれ》を鍛《きた》えいっぱしの英雄となってみせるニャ！』

気楽に微笑《ほほえ》み、校長は二股にわかれた尻尾《しっぽ》を揺らす。

校長／ナツメグ『とはいえ、あまり勉学や修行にばかりかまけずに、仲間たちと楽しく三年間を暮らすのもまた自由だニャ。そういった絆《きずな》が、思い出が、いずれ諸君のなかで何よりも強靭《きょうじん》な武器になり、何よりも強固な防具になるんだニャ』

などと意味があるんだかないんだか不明な、もっともらしい演説をぶっている、設定上は二百歳だということでロリコンどもに同人誌とかで大変なことにされている猫耳校長である（もう『設定では十八歳以上』ならOKっていう時代じゃないんだけどな……）。

新入生の最後尾に、お兄ちゃんたちもいた。

校長の話をぼんやり聞きながら、情報交換。

ツルギ『とりあえず、同じクラスになれたみたいだな』

先ほど、校長の話の前にクラス分けが発表されたのだった。お兄ちゃんたちは『1年47組』

（組多いな！　でも『タカマガハラ学園』はできたばっかりの『学園』なので、これでも少ないほうである）、担任教師は『隻眼《せきがん》の元・山賊／キバマル』だそうである。もともと山賊だったひとを教師にしないでほしい。

「先に『仲間』として登録しておきましたからね。お友達同士がばらばらにならないよう、『学園』が配慮してくれたのでしょう」

かがみが応える。

『仲間』はRPGでいうパーティであり、SNSでいう『お友達』である。『仲間』になるとゲーム内での互いの居場所がわかったり、遠く離れていても会話ができたり、互いのブログを『基本画面』に表示させたりと、いろいろ便利になる。『学園』でも『仲間』という単位は尊重されるので、こうしてクラス分けで同じ組に配置されたり、また『仲間』の人数に応じて様々なイベントやクエストが発生するのだ。

ツルギ『とはいえ、偉いひとの話をひたすら聞いてるのも退屈だなぁ』

「仮にも教師がその発言はどうかと思うのです」

ツルギ『こんなん、誰かひとりが聞いてりゃいいだろ。なんか重要なこと校長が言ってたらあとで教えて、かがみ。あたしそのへん探検してくる』

お子様か！　とつっこみたいぐらいの落ちつきのなさで、つるぎはそっと列を脱《ぬ》けると『講堂』の出口へと向かってしまう。

「あ、姉さん……もうっ」

かがみは呆《あき》れたようだったが、校長の話を最後まで聞くことにしたらしく、後を追わない。

この面子《めんつ》ではかがみがしっかりしていないと、誰も真面目にやりそうにないもんなぁ……。

しかし、入学式の最中に脱《ぬ》けようとしたら、どうなるんだろ？　わたしもそんなことするひと見たことないから、よくわからないけど――（二回目以降の『入学』では、入学式や最初のＨＲは見なくてもよいことになっているし）。

ツルギ『むっ』

ででん、と怪しげなＳＥが響いて、つるぎの正面――『講堂』の出入り口に巨体が現れる。

全身、武家甲冑《かっちゅう》と誇張された兜《かぶと》で覆《おお》われた威容である。

手には武骨な斬馬刀《ざんばとう》が握りしめられ、全身から蒸気を放っている。

敵と遭遇したときに流れる音楽が響き、身構えるつるぎの前でそいつは唸《うな》った。

門番／シンジュ『入学式の最中に、勝手に脱けだすことは禁じられております。どうしても無理に出ようというのなら、この門番たる私を倒してからにすることですね……』

ツルギ『面白ぇ……』

つるぎがコントローラを握りしめ、両目を輝かせる。

ツルギ『ちょうど退屈してたんだ、遊ぼうぜデカブツ！　おらおらおらっ！』

ボタンを連打し、問答無用で攻撃を仕掛けるつるぎだった。

『八岐大蛇《やまたのおろち》SNS』ではふつうのオンラインゲームのようにマウスをクリックして通常打撃をする『初心者モード』の他に、わりと複雑なコマンドを入力して格ゲーみたいに戦う『マニアックモード』という戦闘も行える。

つるぎは当然のように、『マニアックモード』であった。

ゲームを始めたばかりでパラメータは低いが、相手の大振りな攻撃を回避し、的確に木刀を叩《たた》きこんでいる。

『初心者モード』だとここまで流麗に動けないので、今ごろ殴《なぐ》り倒されていただろうなぁ。

門番／シンジュ『ふふ……なかなか今年は活きのいい新入生がいるようですね——面白い、では手加減は抜きでいきますよ！　私に勝てば「特殊イベント／え？　あなたはまさか……門番さんの秘密の素顔！」が発生します……！』

ツルギ『うわ気になる！　絶対勝つぞ！』

門番／シンジュ『負けるわけにはいかない……だって、素顔を見られたら——そのひとと結婚しなくちゃいけないんだもん……！』

ツルギ『うおまさかおまえ中身は美少女か!?　絶対に勝ってやる!!　攻略してやる!!』

つるぎの動きがさらに加速した。

「えぇっと……」

お兄ちゃんが入学式そっちのけで行われている超絶バトルを眺めて、戸惑っている。

「助けに行かなくていいのでしょうか、いちおう僕らは『仲間』でしょう?」

「放っておきましょう、身内の恥なのです」

かがみは恥ずかしそうに肩を震わせてから、思案げに瞬《まばた》きをした。

「しかし、あぁして何かしら行動をすると——いろいろとイベントが発生するようですね。漫然とゲームをするよりは、あれこれ動いてみるのも得策かもしれません。『敵』がイベントを装《よそお》って、何かしら『怪異』を発生させるかもしれませんし……」

「ふいーん」

たまが姉の言葉を理解しているのかいないのか、のんびり欠伸《あくび》をする。

「たまも退屈になってきちゃった……暇《ひま》だなぁ、つんつん」

「ちょっ……たま?」

画面内のたまが、前に立っているかがみの服を指先で引っぱったりしている。

たまは感心して、身をよじるかがみにちょっかいをかける。

「ほわわ……ちゃんと触《さわ》れるんだぁ、面白ぉい——じゃあ、もしかしたら……思いっきり引っぱったりすれば——?」

タマはカガミから『ナース服−《マイナス》3』を受け取った!

「ふにゃあああ!?」

かがみが珍しく絶叫する。

画面内のカガミがタマに素晴らしい勢いで着衣を引っぱられて、ナース服を脱がされてしまったのである。

当然、その下は全裸だ。

「ななな何すんですかたまーっ!?」

「おぉ、脱げた！　面白ぉい！　『仲間』のあいだでは、そうびひんの遣《や》りとりができるようになってるみたいだお！」

『特殊イベント／全・裸・集・会！　恥辱《ちじょく》の入学式』が発生しました。

「特殊すぎる!?　ふにゃあぁ、なぜかみんながこちらを注目している!?　何!?　どうしてみんなわたしにお金を投げるの!?　べつにお金が欲しくて脱いだわけではないのです!!　校長も止めてくださいよ楽しそうにおひねり投げてないで!!」

かくして入学式は、かがみのストリップショウ・オンステージとなったのであった。

ゲームバランス崩壊してるなぁ。

@　@　@

入学式を終えて、お兄ちゃんたちは『1年47組』の教室に移動した。

ひとつの組には四十人ほどの生徒がいて、それぞれに担任教師がついている。

『仲間』だけではなく『組』単位でのイベントやクエストもあるので、今後、（ゲーム内での）一年間はこの面々と顔をつきあわせることが多くなる。

「初っぱなから頭のおかしい展開になってましたね……」

入学式で脱がされる、というリアルで体験したらトラウマになりそうなイベントを経験し、かがみの声が沈んでいる。

四人は担任教師が教科書やアイテムを配ったり注意事項を説明しているなか、教室の後ろのほうの席で雑談をしていた。

教師／キバマル『まずは一週間後にある「行事イベント／入学生適性テスト」を目指して、各自あれこれ行動してほしい。そこでみんなの能力を確かめて、今後の授業やイベントの内容を決めていくからな』

どうぶつの毛皮をまとった隻眼《せきがん》の中年男性が、黒板を背にして説明してくれている。

教師／キバマル『まずは学園内の施設の使いかたをおぼえつつ、他の教師や生徒などから依頼されるクエストをこなしていくといい。あちこち見て回ると、行動に応じてイベントも発生するからな』

みんなに地図を配布してくれる。

教師／キバマル『初心者向けのダンジョン、城下町の外にある「沈黙の森」と学園内ダンジョン「図書館迷宮１Ｆ」の地図を配布するぞ。そこでレベルあげやアイテム収集に勤《いそ》しんでもいいだろう。ダンジョンを攻略するごとに私に話しかけてくれたら、新しいダンジョンの地図とちょっとしたご褒美《ほうび》をやろう。「部活動」や「委員会」といったコミュニティに参加してそれぞれのイベントを体験したり、「仲間」を増やしたりするのもいいぞ』

とか何とか。

担任教師が熱心に語るなか、四人はマイペースに作戦会議をしている。

「ふにゃあ。発生する出来事がおかしすぎて、これが通常どおりのイベントなのか何らかの悪意ある『改変』なのかもわからないのです」

溜息《ためいき》をつくかがみとは対照的に、つるぎは楽しそうだった。

ツルギ『あたしは好きだよこのゲーム――どうしよう、今日の昼休みに門番ちゃんに呼びだされちゃった……その場で脱がして押し倒してもだいじょうぶかな？　それとも焦《あせ》らずにもうちょい好感度を――』

「姉さん、ひとりで勝手に『八岐大蛇《やまたのおろち》ＳＮＳ』をエロゲにしないでください」

やろうと思えば押し倒せそうなのが怖い、自由度の高すぎるゲームである。

「今後はどうしましょう？　今のところ、わりと常識を逸脱した『怪異』も発生していないように思えますが――やはり『神々』は『八岐大蛇ＳＮＳ』には無関係なのでしょうか？　学校にこない生徒たちは、ゲームが楽しくて引きこもっているだけ……？」

ツルギ『まだ判断はできねーな』

つるぎが真面目な表情になって応える。

ツルギ『たとえ「改変」だとしても、世界を壊したり大勢の人間を巻きこんだりしていないものなら、放置すべきだし。どうにもなぁ、いつもと勝手がちがうんだよなぁ──「改変」だとしても目的意識を感じないというか……』

何やら思案しつつ、彼女は結論する。

ツルギ『とりあえず今日一日、集中して『八岐大蛇《やまたのおろち》SNS』を遊んでみよう。それでも何もわからなかったら、不登校の生徒たちに家庭訪問して、ひとりひとり調べる』

「ふむ、それが最善でしょうかね……」

教師／キバマル『こらそこ、先生が喋《しゃべ》ってるのに私語をしない』

キバマルの攻撃！　キバマルは『チョーク』を投げつけた！

カミオミに26のダメージ！

「なぜか僕に当たりましたよ!?　僕、喋ってないのに!?」

カミオミは死んでしまった！

「しかも死んだーっ!?」

ツルギ『おまえなんでＨ　Ｐ《ヒット・ポイント》が20しかないんだよ……あたしは80、かがみやたまですら50はあるのに……』

チョークに額《ひたい》を割られて机に突っ伏したカミオミを眺め、担任教師は肩をすくめる。

教師／キバマル『おやおや、カミオミくん死んでしまったか。誰か、カミオミくんを保健室につれていってやれ』

ツルギ『対応軽いな!?　保健室でだいじょうぶか!?　ていうか仮にも生徒を殺したのに「おやおや」で済ませるなよ担任教師!?』

「とはいえ、いちおう放置するわけにはいきませんね……」

かがみが死んだお兄ちゃんを背負って、教室の出入り口へ向かう。

「『保健室』とやらに向かいましょう。ひとまず、全員で」

ツルギ『そうだな、なるべくみんな一緒に行動するべきだしな。たまも行くぞ』

「はーい！」

机に落書きをしていたたまもつれて、みんなで廊下へ。

教師／キバマル『まだ説明事項などはあるからな、カミオミくんを蘇生《そせい》させたら教室にいちど戻ってこいよ』

クエスト『同級生を保健室につれていけ！』を受領しました。

難易度／★☆☆☆☆☆☆☆☆☆

成功報酬／200ゴールド

ツルギ『同級生を保健室につれていく報酬《ほうしゅう》がお金ってやだな……』

多種多様な人々や人外が歩く、広い通路である。

つるぎがアイテム欄から『校舎の地図①』を取りだし、確認する。

ツルギ『どうも保健室はちょっと遠い位置にあるみたいだから、この「シフト・ポータル」とかいう魔法陣に向かおうぜ。そこで規定のゴールドを払えば、校舎内の好きな場所に移動させてくれるらしい』

「いちいち歩いていくのも面倒ですしね……延々と屍体《したい》を引きずって歩くのもあれですし」

かがみが頷《うなず》き、不意に眉《まゆ》をひそめる。

「……うん？」

ＢＧＭが変化する。

かがみたちの周囲から通行人の姿が消えて、真っ赤な閃光《せんこう》と震動が発生したかと思うと――

『ENEMY襲来!!』の文字が画面に叩《たた》きつけられる。

「何事でしょうか……？」

ツルギ『どうやらモンスターみたいなのが登場したみたいだな。さっき門番ちゃんと戦ったときも同じ演出があった』

「校舎内なのにモンスター……？」

落ちついているつるぎと、困惑しているかがみ。心配そうにお兄ちゃんを見ているたま。

そんな四人の前に――ゆっくりと、悪《あ》しき波動をまとった連中が現れる。

それは和風で瀟洒《しょうしゃ》な『学園』の廊下に、まるで似合っていない――。

金髪だったりリーゼントだったり、釘バットだったり煙草《たばこ》だったりウンコ座りだったりする、ちょっと昔っぽい感じの……。
不良Ａ『てめぇかい、生意気な一年坊主ってのは』
不良Ｂ『ちょいと顔貸しな。中学と高校のちがいを教えてやンよ』
「…………」
かがみが眠そうな顔で、姉のことを見つめた。
「お客さんのようですよ、番長」
ツルギ『剣と魔法の学園ファンタジーなのになぁ』

第十一話／保健室は十八禁

道を塞《ふさ》ぐようにして現れた十数名の不良たちは、どう考えても特攻服を着たつるぎ番長の関係者だったので、みんなが無言で彼女を眺める。

『特殊イベント／不良先輩たちの新入生いびり』が発生しました！

「いよいよ頭がおかしくなってきたのです、このゲーム――」

かがみが嫌《いや》そうな顔をしている正面で、不良の皆さんはプログラムに忠実に、こちらの胡乱《うろん》な反応を気にせず台詞《せりふ》を口にしている。

不良A『てめぇの噂《うわさ》は聞いてるぜ……番長なんだって？』

不良B『だけどなぁ、この学校に入ってきたからには「タカマガハラ学園」のルールに従ってもらうぜ。下級生は上級生に絶対服従だ、わかるな？』

不良C『まずは俺たちに土下座して挨拶《あいさつ》して、忠誠を誓うんだ』

にやにや笑いながら近づいてくる。

不良B『俺たちは何もおまえが憎くてこんなことを言ってるわけじゃねぇんだ――これは教

育だ、わかるな？　罪もない通行人をカツアゲしたり、入学式で暴れ回ったりする調子こいた新入生は——痛い目にあって反省してもらわなきゃいけねぇんだ、そうだろ？』

「そうして見ると姉さん、着実に不良漫画の王道を歩んでいるのです。あぁ、どれだけ堅実に暮らしていても、身内に不良が一匹いるだけで人生お先真っ暗なのです」

ツルギ『黙ってろ』

つるぎは不良たちをガン無視しつつ、何やら画面上にある『ヘルプ』のボタンを押してあれこれ調べていた。邪神《やがみ》三姉妹って基本的に、みんなマイペースだよなぁ。

ツルギ『まずいな……キャラが「死亡」した場合、なるべく早めに「蘇生《そせい》」させないと「消滅」——文字どおり、キャラが消えちまうらしい。「死亡」してから時間が経過するにつれて「蘇生」の成功率はさがっていく……こんなアホどもと関わってる場合じゃねーのに』

「に、逃げられないの？」

たまが不安そうに、かがみに背負われたままのお兄ちゃんを眺める。

ちなみにお兄ちゃんはキャラが死んでるので、本人はじゃっかん暇《ひま》そうで、みんなに飲み物を配ったりしている。緊張感ないなぁ。

「ふにゃあ。逃げるのは無理なのです。イベントでの戦闘はバトルが終わるまで強制的につづくようなのです。わたしたちが全滅するか、不良たちを全員ぶっ潰《つぶ》すかの二択なのです」

ツルギ『ほんじゃあ、急いで敵を皆殺しにしてやらんとな……』

つるぎが木刀を身構えた。

ツルギ『「消滅」すると、しばらくの期間は新しいキャラをつくれなくなるらしい――もしかしたらあたしたちを全滅させて、この「八岐大蛇《やまたのおろち》ＳＮＳ」にキャラとして関われなくするのが「敵」の目的かもしれねー……。まだ「敵」の正体は不明だし、本当に「神々」が関わってるのかどうかも曖昧《あいまい》だが、だからこそこの世界を調べる端末になりうるキャラを消されるわけにはいかん』

そして特攻服を翻《ひるがえ》し、不良の群れに立ち向かうのだ。

ツルギ『おまえらみたいな雑魚《ざこ》キャラがぁ――可愛《かわい》いつるぎちゃんの邪魔してんじゃねーよ。かかってこい、ちゃっちゃと終わらせてやる』

不良Ａ『面白ぇ……てめぇら、やっちまえ！』

不良Ｂ『なめんじゃねぇぞぉお‼』

不良Ｃ『うぉおおお‼』

個性のない怒声をあげて、不良たちが突っこんでくる。

それぞれの頭上にはＨＰ《ヒット・ポイント》とＳＰ《スペシャル・ポイント》の残量が表示されており、わかりやすい。

舞台は広い廊下だが、不良たちは無策にひとりずつ驀進《ばくしん》してくる。

「うわぁ……けっこう戦闘のとき、ぐりぐり動くのですね」

かがみが困ったような顔をしている。

「わたしのようなのんびり屋さんには、この速度はちょっとつらいのです」

ツルギ『かがみ、たま、さがってろ！』

ゲームに不慣れな妹たちをさがらせて、つるぎが不良のいちばん前にいたやつに木刀を食いこませる。非常に素早い。

ツルギの攻撃！　木刀での鋭い突き！

不良Ａに75のダメージ！

不良Ａ『がふうっ!?』

不良は一撃でＨＰのゲージをすべて削られて、空中で爆散——消滅した。

廊下には不自然な宝箱が残ったので、かがみが「ふにゃあ」と動いて開いた。『血まみれのおにぎり』が入っていた。

妹が呑気《のんき》に宝箱やら飛び散ったゴールドやらを回収しているそばで、つるぎは獅子奮迅《ししふんじん》の活躍を見せていた。

不良の数は多いが、つるぎの攻撃力は半端ではない——あっという間に片付けていく。

ツルギ『門番ちゃんを倒してレベルがあがっている……そうだ、あたしは負けるわけにはいかねーんだ！　昼休みに門番ちゃんと会う約束をしてるんだから……！　てめーらを倒してあたしは門番ちゃんに「好きだ」って言うんだ！』

「姉さん、それとなく死亡フラグっぽい発言をしないでください」

かがみが宝箱をあけている。『血まみれの鉢巻き』が入っていた。何でどれも血にまみれてるの?

ツルギ『しかし、切りがねぇな——この学校、どんだけ不良がいるんだよ!』

「ふにゃあ。意外と生徒の質が悪い学校のようですね」

ツルギ『校長は猫耳でメルヘンな感じなのにな……』

「メルヘンの裏側にはいろいろあるのですよ。……たま、先生をお願いします」

たまにお兄ちゃんを任せて、かがみも戦線に加わる。

「だいぶ敵の動きにも慣れてきました……不良たちの動きにはパターンがあるようなのです。これなら、わたしでも対応できます」

言葉どおり、武器を振りおろしてきた不良の攻撃をかわし、かがみはのったりした動きでその背後に回りこむ。そして手にしたぶっとい注射器を振りかぶって——。

カガミの攻撃!

ぶすうう! 極太の注射針が不良Cの心臓に突き刺さり、激痛とともに麻酔薬が流しこまれる! 絶叫し、喉《のど》をかきむしり、不良Cはびくんびくんと魚のように痙攣《けいれん》して白目を剝《む》いて失神する!

ツルギ『なんで注射器の攻撃は描写がやけに細かいの!? 怖いよ!!』

「知りませんよ。麻酔薬で気絶させただけなので、とどめは姉さんがお願いします」

ツルギ『心臓に麻酔薬なんか注射されたらふつう死ぬと思うけどなぁ……』

　ぼやきながら、つるぎが木刀で不良を始末する。

　しばし姉妹の連係プレイが炸裂《さくれつ》していた。

　かがみが麻酔薬で敵を眠らせ、つるぎが木刀でそいつを叩《たた》き潰《つぶ》す。

　効率が上昇し、危険度はさがり、楽々と敵の数を減らしていく。

「おや」

　だが長くはつづかない。

　かがみが注射器を抱えたまま、ちいさく溜息《ためいき》をついた。

「麻酔薬が切れたのです。わたしはこれ以上は戦えませんね」

ツルギ『手に入れたアイテムで代用できそうなのはないのか？　なんなら、あたしの煙草《たばこ》を水に溶かせばいい——砂糖をたくさんいれると、チョコレートみたいな味らしいぞ？』

「食べたら即死するチョコレートは嫌《いや》なのです。だめですね……どうもアイテムはいちど『実験室』という場所で『調合』しないと注射器に充填《じゅうてん》できないようなのです」

ツルギ『ふぅん、不便だなぁ……むっ⁉』

　そんな弛緩《しかん》した会話をする姉妹に業《ごう》を煮やしたのか、ＢＧＭが変化し、いかにもボスキャラが登場したようなおどろおどろしい雰囲気になる。

　画面が赤く明滅し、不良たちが廊下の奥を振りかえって歓声をあげた。

不良F『おぉ、トシくん！』

不良G『トシくんがきてくれたらこっちのもんだぜ！』

トシくんとやらは筋骨隆々《きんこつりゅうりゅう》とした巨体の、紫色のリーゼントを凶器のようにそそり立たせた偉丈夫《いじょうふ》だった。

革製で棘《とげ》がたくさん生えた服を着ており、サングラスをかけている。

いかにも「喧嘩《けんか》とバイク以外には興味ありません」みたいな顔立ちだった。

トシくんは不良たちを無視するように、真っ直《す》ぐにツルギに突っこんでくる。

ツルギ『ぬお!?』

他の不良たちとは比べものにならないその速度に、油断していたつるぎは対応できず、もろに体当たりされて吹っ飛んだ。

小柄な身体《からだ》が廊下を転がり、ＨＰ《ヒット・ポイント》のゲージが減る。

ツルギ『やるじゃねーか……おまえが不良どもの親玉ってところか』

トシくん『部下がお世話になったようだな――だがこれ以上のお茶目は許さねぇぜ……地獄を見せてやンよ』

トシくんが渋い声で喋《しゃべ》った。

他の不良キャラは観戦にまわって遠巻きに見守っているが、どうもつるぎの今のレベルではちょっとつらい相手らしい。つるぎはテクニックを駆使して何とか敵の攻撃を避《よ》けているが、木刀で殴《なぐ》りかかっても相手のＨＰはあまり減らない。

一方、敵は角材を振り回し、ちょっとでも触れたらツルギのＨＰはぐんと減少する。

「姉さん！」

かがみが慌《あわ》てながらも、あちこちクリックしている。

「とりあえず回復魔法を……ええっと、これなのです！」

カガミは『アニマヒール』を唱えた！

『アニマヒール』は人間相手には効果がなかった！

ツルギ『うおお、やっぱ人間は治せねーのかよ!?　使えねーな獣医!!』

「そんな！　獣医さんは立派な職業なのです！　謝りなさい姉さん！」

ツルギ『叱《しか》られた!?　うおっ、やばいＨＰがそろそろ尽きる!!』

アホな妹につっこんでるうちに、つるぎがピンチに陥《おちい》っている。

おまけに。

トシくんの特殊攻撃！　トシくんの突撃！

ツルギの『木刀』が破壊された！

ツルギ『武器破壊だと!?　そんなんありか!?　やばい、素手だとほとんどダメージが与えられない！　このままじゃ負けちまう!!』

トシくんの特殊攻撃！　トシくんのベアハッグ！

ツルギは行動できない！

ツルギ『うげえ、ハマった気がする!?　誰か助けて!!』

つるぎはトシくんに抱きよせられ、ぎりぎりと締めあげられている。

ふたりの体格差は著《いちじる》しいので、親が子供を抱っこしてあげているように見えるが。

この技はリアルで背骨が折れるので、良い子は真似《まね》しないでください。

おまけに身体《からだ》を拘束されているのでつるぎは何もできない。

逃げることも、攻撃することもできず、ＨＰ《ヒット・ポイント》が削られていく……。

「つるぎ姉《ねえ》！」

たまが我慢できなくなったのか、お兄ちゃんを手放してトシくんに駆け寄った。

「ひーん！　つるぎ姉に酷《ひど》いことしないでよう！」

タマの攻撃！

さくう。

トシくん『……はふうっ!?』

包丁が深々とトシくんの脇腹《わきばら》に突き刺さっていた。肝臓《かんぞう》が引き裂《さ》かれ、内臓を損傷したため
トシくんの口腔《こうくう》から血液が流れだす。見る見る服が、肌が、廊下が鮮血に染まっていく。

トシくんは血の気を失った顔で呻《うめ》き声を漏《も》らした。

トシくん『ひいっひいいっ……刺しやがった、こいつ刺しやがった——ふひいいっ!?』

トシくんの身体からちからが抜けて、その場に倒れ伏す。血がとまらない……。

ツルギ『だから何でおまえらだけ攻撃の描写が生々しいの!?　助かったけどさ!!』

解放されたツルギが着地し、荒い呼吸を繰りかえすトシくんを嫌《いや》な顔で見下ろす。

すると廊下の奥で輝きが弾け、新たな人物が現れてトシくんに駆け寄っていく。

アケミ『きゃああ！　トシくぅん！』

トシくん『あ……アケミ……へへ、ざまぁねぇや』

アケミ『うわぁぁん、誰がこんな酷《ひど》いことを……人殺しぃいいい!!』

トシくん『泣くなよ、アケミ……これでいいんだ――。いつかこんなドジ踏むと、わかっちゃいたんだ。でもまぁ、負け犬にはお似合いの死に様だよな……』

アケミ『嫌ぁあ、死んじゃやだぁトシくぅん！　と、トシくんは負け犬なんかじゃ……』

「えいっ！」

タマの攻撃！

アケミの頸部《けいぶ》が切断され、大量の出血が天井にまで達する！　アケミは信じられないというような顔でタマを見据え、そのまま崩れ落ちていった。己《おのれ》の腕のなかで絶命した恋人を凝視し、トシくんは涙を浮かべて……。

「おりゃあ！」

タマの攻撃！

トシくんは死んだ！

ツルギ『おまえ何してんの⁉』

さすがにつるぎが驚いて自分の妹に駆け寄っていく。

ツルギ『何の躊躇《ためら》いもなく殺したよな⁉　ちょっと泣けるっぽいドラマが展開してたのに!!

おまけに誰かわからんアケミちゃんとやらもふつうに倒してるし!!』

「？　つるぎ姉《ねえ》、これはゲームで、こいつらは敵だよ？」

ツルギ『いやそれはそうだけどさ!!　なんか怖《こわ》いよおまえ!!』

不良X『ひぃいいい!?　殺っ――殺しっ……こいつらマトモじゃねぇえ!!』

不良H『逃げるなおまえら!!　トシくんたちの仇討《あだう》ちだぁあ!!』

脱兎《だっと》のごとく去っていくものも多かったが、不良たちのなかには決死の覚悟で向かってくるものもいた。

つるぎは嘆息《たんそく》する。

ツルギ『うーんと、たぶんあたしを助けたいという純粋な気持ちが「改変」になって、たまのキャラを一時的にパワーアップさせたんだろうな……。裏技みたいで、あんまり好みじゃねーが。ゲームを楽しむのが目的じゃねーもんな、あたしも本気だすか』

つるぎはかがみが背負っているお兄ちゃんを受け取ると、邪悪に微笑《ほほえ》んだ。

ツルギ『木刀は折られちまったが……だったら、他のものを装備すりゃいいんだよな！』

ツルギは『負け犬』を装備した！

「え!?　装備できるのですか!?　仲間の屍体《したい》を!?」

ツルギ『いしししっ！』

つるぎは得体のしれない笑い声をあげると、ジャイアントスイングみたいにお兄ちゃんを振り回して不良を薙《な》ぎ倒していった。不良たちは吹っ飛び、窓ガラスを突き破って外に放りだされ、あるいは一撃でＨＰ《ヒット・ポイント》を失って爆散していく。

ツルギ『こりゃいいや、死んでたほうが役に立つな月読《つくよみ》は……このまま突っ切るぞ！』

「だんだん何でもありになってきましたね……」

かがみが呆《あき》れたようにぼやいている。

＠　＠　＠

屍山血河《しざんけつが》を乗りこえて、移動用の魔法陣で金銭を支払い──瞬間移動して、つるぎたちは『保健室』に辿《たど》りついた（不良たちを血の海に沈めたことがもう噂《うわさ》になっているのか、あれから余計なちょっかいをかけられることはなかった）。

『保健室』も和風で、まるで明治時代の診療所の規模をおおきくしたような雰囲気だった。

木製の壁に床に天井、無数に並べられた寝台。

ナース服を和風にしたような衣装でたくさんの看護師さんや医者が働いている。

そのうちのベッドのひとつに、とりあえずお兄ちゃんを寝かせて――みんなで一安心。

ツルギ『やれやれ、どうにか辿《たど》りつけたな』

つるぎがお見舞い客用の椅子《いす》に腰かけて、足をぶらぶら。

ツルギ『とりあえず、あとで武器買わないとなぁ……木刀は壊されちまったし。なんかやたらお金だけは貯まってるから、立派な剣とか斧《おの》とかを――』

「レベルもあがりましたしね、経験値がかなり得られましたから……あいつら、見た目よりも強めの敵だったようなのです。入学したての新入生は、ふつう勝てないような――」

満足げなかがみに、つるぎも頷《うなず》く。

ツルギ『わりと順調だが、これから先、何かあるごとに月読《つくよみ》に死なれても困るな。こいつを鍛《きた》えてやらんと……ていうか、その前に蘇生《そせい》させないとな。治療ってどうやるんだ？』

「待ってください、説明書きが……」

かがみがベッドのそばにあったアイコンをクリックし、表示された文章を眺める。

「ふむふむ……保健室のお医者さんに頼む全自動のコースと、『仲間』たちでちょっとしたミニゲームをして治療するコースがあるようなのです。『仲間』がいるなら後者を選んだほうがいいようですね――経験値が得られますし、お医者さんに頼むとお金をたくさんとられちゃうようなのです」

ツルギ『ていうか学校の保健室なのに治療に金とられんのな……』

「みにげーむってどんなの？　たまがやる！　パパりん元気にしてあげたいもん！」

「わかりませんが——まぁ、ものは試しです、やってみなさい？」

「うん！」

元気よく応えるたまを、説明書きを読みながらかがみが補佐するかたちになった。

同時に画面が切り替わる。

『ミニゲーム／いけない保健室……☆』が発生しました。

怪しげなピンクの光が輝き、淫靡《いんび》なＢＧＭが流れ始める。

「いかがわしい!?　なんか変ですよね……姉さん、このゲーム姉さんが『改変』してエロくしてませんか？　さっきも当たり前のように服脱がされましたし」

ツルギ『さすがのあたしも、そんな無意味な「改変」はしないけど……わからん。あたしのなかのエッチな部分が無意識にやってるのかもしれん』

つるぎがちょっと誇らしげに（なぜ？）微笑《ほほえ》んだ。

「えぇっと……」

三姉妹の画面には、共通のものが表示されている。

中央に、ベッドに寝ころんだお兄ちゃん。

その周りに不自然に散乱している、注射器だの薬品のカプセルだの、林檎《りんご》だの髑髏《どくろ》マークがついた薬瓶《くすりびん》だの、なぜか鞭《むち》や蠟燭《ろうそく》だの……。

「どうもこの周りに置いてあるアイテムを、制限時間内にいろいろ試して先生を回復させる──というミニゲームのようなのです。いわば看病ですね」

「か、看病？」

戸惑うたまを、かがみが急《せ》かす。

「制限時間が表示されてるのは、たまだけのようです……何でもいいから早く行動しなさい。まぁ、失敗してもわたしと姉さんがまだいますので──気楽にね」

「う、うん！　看病、だから……ぇえっと」

氷の浮いた水がはった洗面器を発見し、たまはそこにお絞りを放りこむと、たっぷり冷やしてからお兄ちゃんの額にのせた。

「こ、これでどうだ！」

ツルギ『いや、それは風邪ひいたときの看病じゃね？　月読《つくよみ》は死んでるんだけど……』

カミオミ『助かりましたよ、タマさん。おかげで気持ちがすっきりしました』

カミオミからタマへの好感度が20上昇した！

ツルギ『好感度!?　何それ!?』

ギャルゲ用語にすぐ食いつくつるぎが、機敏に反応した。

かがみが説明書きをじっくり読む。

「ふぅむ……このミニゲームでは現実的な治療というよりは、あれこれ献身的に看病して、好感度を高めるのが主目的のようなのです。何をしても治療が失敗することはないとか」

ツルギ『ていうか好感度なんてパラメータがあったのか……それが高まるとどうにかなったりするのか⁉　エロいことができたりするのか⁉』

「こういうネタにだけやたら食いつかないでください……えぇっと、待ってください――あぁ、好感度を高めると『卒業』したときにキャラ同士が結婚したり、場合によっては子供ができたりするようなのです。その子供を次のキャラとして使用できたり……」

ツルギ『結婚⁉　子作り……⁉』

「好感度はふだんから自動的に上下しているようなのです。回復してもらったり、こういうミニゲームで仲良くしたりすると、大幅に好感度があがるようですね。だから先ほど屍体《したい》をぶん回して辱《はずかし》めた姉さんの好感度は最低だと思うのですが」

ツルギ『ちっくしょう、子作りできると知ってたらもうちょい優しくしてやったのに！』

いや『子供ができる』であって、『子作り』している場面が映像になったりミニゲームになったりはしないんだよ？　わかってる？

わたしは複雑な気持ちで、事態を見守るしかなかった。

「あとは、えっと、体温計……？」

姉たちが会話しているうちに、たまは一生懸命に看病している。

「はい、お口あーんして。体温はかりましょ〜☆」

カミオミ『わかりました。タマさんは優しいですね』

カミオミからタマへの好感度が10上昇した！

「……うん？　さっきから先生の発言が、声でなく文字ですが……？」

かがみが気づいて、お兄ちゃんの画面を覗《のぞ》きこんだ。

そして唖然《あぜん》とする。

お兄ちゃんの画面は、他の三人のそれとちがって、まさにギャルゲ的なものになっていた。

正面には現在、治療しているたま（メイド服）の立ち絵が表示されており、彼女が何かするごとに選択肢がでてくる。

体温計を取りだして、たまが首を傾《かし》げる。

「おやまぁ？　体温がないよ、パパりん！」
▼このタマの行動に、どのように応えますか？
①「心配してくれているのですね、ありがとうございます」
②「体温なんかあってたまるか！　こちとら屍体《したい》じゃボケがぁ!!」
③「ばぶばぶ、もっとボクちんを看病ちてくだちゃい」
お兄ちゃんは①を選んだ。好感度があがる。

「なるほど……嫌いな相手に何かされても、看病される側が素っ気ない返答を選んだりすれば、さほど好感度があがらないわけですか――ていうか③の返答頭悪っ!?」

かがみが動揺しながら、ぽつりと囁《ささや》いた。

「困りましたね……先生の性格からいって、誰に何をされてもたぶん酷《ひど》い返答はしない――最終的に、結婚などは『いちばん好感度の高い相手』とすることになっています。わたしたちのうち、ひとりだけしか先生と結婚はできない……いやべつに、わたしはどうでもいいのですが」

「ぱ、パパりんとけっこん……？」

ようやく姉たちの会話内容が頭にはいる余裕ができたのか、たまが耳聡《みみざと》くその単語を聞きつけて、もじもじと身をくねらせる。

「えへへ……」

何を想像したのか、真っ赤になって照れている。

「そ、それなら、たま――が、がんばるお……でも、パパりん死んじゃってるから、どうしたらいいかわかんないよ……ひとまず生きかえらせてあげたいけど」

「だったらたま、そこに置いてあるアイテムを手に取りなさい」

「これ？」

たまがかがみのアドバイス（？）に従って、髑髏《どくろ》マークのついた薬瓶《くすりびん》をゲットする。

「それを、思いっきり先生にふりかけてやるのです」

「わかった！」

びしゃあああ。
▼タマが特濃の　強　酸　をぶっかけてきました。
全身が焼けただれてぐずぐずに崩れましたが、どのように応えますか？
①「誰にでも失敗はありますよね。ドンマイですタマさん」
②「おぼろうぎゃらぎゃおうらぁああ!?」
③「ハァハァハァ……もっとして……もっとぶっかけてぇえええ!!」
「選択肢が残念な感じに!?　だましたな、かがみ姉《ねえ》!?」

「さて、何のことでしょうか？」

その後もたまはかがみに騙《だま》されて、お兄ちゃんに氷水をぶっかけたり傷口にカラシを塗りこんだり鞭《むち》で打ったりしていた。お兄ちゃんはいちおう最も優しげな返答を選んでいたが、ふつうに死体損壊をされているので好感度はあがるわけがなかった。

そうしているうちに、たまは時間切れ――。

「では、次はわたしの番ですね」

「ひーん！　おんなは怖《こわ》いいきものだお！」

手を挙げるかがみの横で、たまはしくしく泣きながらジュースを飲んでいる。

「わたしは仮にも『獣医』――医療職ですからね、他者を治療するために必要なパラメータは高めです。知識もあるようですし……」

かがみは治療のお札でお兄ちゃんを蘇生《そせい》させ、輸血や薬品投与で完璧《かんぺき》に治療を施《ほどこ》した。

お兄ちゃんの血色がよくなり、たまに破壊された身体《からだ》が元どおりになる。

カミオミ『おぉ、これは素晴らしい腕前ですね。おかげで助かりましたよカガミさん』

お兄ちゃんの好感度がめっちゃ上昇する。70ぐらい。

かがみはベッドに身を起こしたお兄ちゃんに寄り添って、おでこでコツン、と体温をはかるような仕草をした。

「調子が悪いところがあったら、何でもわたしに言ってくださいね。ふふ、よく眠っていましたね、お寝坊さんの先生――」

ツルギ『おまえ意外とあざといよな!?　清純派ぶりやがって!!』

着々と好感度を稼《かせ》いでいくかがみに、つるぎが怒鳴り散らす。

「何とでも言うがいいのです。べ、べつに先生の好感度を高めたいとか結婚したいとかじゃないのですよ。『仲間』のひとりが戦闘不能だとあれですし、医療職なのにこれまであまり活躍できなかったから、こういうときぐらいは……ね☆」

ツルギ『「ね☆」じゃねーよ！　くっそう、ふだんが無感情だから弱ってるときに優しくされると妙に萌《も》えるのな！　かがみはあたしの嫁！』

「いえ、妹ですが……」

興奮して抱きついてくる姉を、かがみが困ったように「ぐいぐい」押しのけている。

「あ、時間切れですね」

かがみがお兄ちゃんに林檎《りんご》を切り分けて「あーん」してあげているうちに、彼女の持ち時間は終わってしまった。好感度は合計で３００ぐらいになっていただろうか……（ちなみにたまは－《マイナス》１００ぐらいだった）。

ツルギ『よぉし』

画面内のつるぎが、おおきく手を挙げる。

ツルギ『そんじゃ真打ち登場！　あたしの出番だ！』

「え？　といっても、すでに『カミオミ』は生きかえったうえに全回復して――」

ツルギ『うるせー！　メインヒロインはあたしなんだよ！　たまたま弱ってるとき優しくしてくれた都合のいい女の子と結ばれるエンディングなんてあっちゃいけないんだ！　そしてベッドがあってふだんはあまり人気《ひとけ》がない保健室は体育用具室と並んで学校でエロいイベントが発生しやすい二大スポットなんだ！　あたしの言いたいことはわかるな!?』

「姉さんそんなんばっかりですね……」

呆《あき》れているかがみの目の前で、つるぎのキャラは我慢できないというように特攻服に手をかけて脱ぎ始める。

「何してんですかあんたーっ!?」

さすがに止めようとする妹を無視し、生まれたままの姿になったつるぎはベッドに飛びこんでいく。

ツルギ『邪魔するなかがみ！　好感度を高めるんだみんなみんな嫁にするんだ門番ちゃんも月読《つくよみ》も妹たちもみんなあたしに寄り添って幸せに暮らすハーレムエンドになだれこむんだ――さぁおまえも脱げ月読！』

カミオミの『ぼろきれ』が装備品から外された！

「だから何でこんな簡単に服脱げるんですかこのゲーム!?　やめなさい姉さん子供もいるんですから!!　あぁっ――そんなっ、そんなところっ……!!」

「怖《こわ》いよう、怖いよう。つるぎ姉《ねえ》とパパりんが、はだかで変なことしてるよう……」

「小学生にトラウマを与えるなーっ!!」

かがみがリアルのたまの両目を手のひらで塞《ふさ》ぎ、慌《あわ》てふためいている。

もはや我慢の限界である。

ササミサン『ひとのお兄ちゃんに何してんだおまえらはぁあああっ!!』

『保健室』に沈黙が満ちる。

不埒《ふらち》な行為をしていたつるぎも、無理やり好感度を上昇させられてでもそれが嫌じゃない感じでもっとしてほしいというように身じろぎしていたお兄ちゃんも（抵抗しろよ）、慌《あわ》てふためいていたかがみも、啜《すす》り泣いていたたまも、みんな同時に絶句する。

「おまえは……!?」

つるぎがベッドのシーツで裸体を隠し、不思議そうに首を傾《かし》げる。

「まさか、鎖々美《ささみ》か!?」

リアルでこちらを振りかえる彼女に、わたしは頷《うなず》いた。

いちおう、何かがあったとき援護あるいは妨害ができるように、遠くにいたわたしのキャラをがんばって『タカマガハラ学園』まで移動させていたのだ。

全身を神獣装備と呼ばれるレアアイテムで飾りたて、巨大な魔砲具を背負ったわたしは、がっちゃがっちゃと金属製の靴《くつ》を高鳴らせて近づいていく。

ツルギ『そっか、おまえも「八岐大蛇《やまたのおろち》ＳＮＳ」を始めたのか……って、なんかおまえやけにＨ Ｐ《ヒット・ポイント》とかＳ Ｐ《スペシャル・ポイント》とか多いような――』

「…………」

うまく説明できないので、そのへんは後にしておくとして。

わたしは高速のタイピングで、文字を打ちこむ。

ササミサン『黙って見ていようかとも思ったけど――ゲームのなかとはいえ、身内が性犯罪の被害にあいそうだったら意地でもとめるから……！』

声にだして発言するのが恥ずかしかったので、ひたすら打鍵《だけん》した。

ササミサン『お兄ちゃんも、ちょっとは抵抗しなさいよ！　馬鹿！　変態！　ふんだ、お兄ちゃんなんか勝手にゲームキャラに惚《ほ》れこんで結婚でも何でもしてなさいよ！　わたしはちっとも気にしないもんね！　それだけ言いにきたんだよ、この年中発情チ（――不適切な単語が削除されました――）!!』

「さ、ささみさん……ささみさんが、ゲームのなかにいる……!!　そして可愛《かわい》くツンデレしながら僕を罵倒《ばとう》して……あぁ、あぁあぁ……!!」

カミオミのササミサンへの好感度が５００上昇しました。

５００!?　べつにミニゲームに参加してないうえ『仲間』ですらないのになぜ好感度があがる!?　うぎゃっ、近寄るな抱きついてくるなあんたまだ全裸なんだからぁああゲームなのにすごい嫌悪感がぁぁあああくるなぁぁあ変態ぃぃ露出狂ぉおお!?

「やったぁ！　ささみさんも一緒に遊べるんですね!?　大歓迎ですよ――ともにこの世界を冒険して最終的には結婚して幸せな家庭を築きましょう!!　ゲーム内なら妹でもＯＫですもんね！　うふふふふ!!」
▼カミオミからササミサンへの『仲間』申請が届いています。受諾《じゅだく》しますか？
①受諾する。
②断る。

「②！　②！　断る！　断固として拒否だ!!　誰がお兄ちゃんとなんか！」

断れませんでした。

カミオミが『仲間』になった！

「何でだ!?」

そうして騒ぐ、わたしを見つめて……。

「…………」

つるぎが何かに気づいたように、真面目な顔で思案していた。

ささみさん@がんばらない

第十二話／電脳世界の八岐大蛇《やまたのおろち》

『タカマガハラ学園』の廊下を歩いている。

『保健室』でお兄ちゃんの蘇生《そせい》と回復という乱痴《らんち》気《き》騒ぎを終えて、わたし、お兄ちゃん、邪神《やがみ》三姉妹の五人はあらためて『仲間』となり――彼女たちの教室へと向かっていた。

クエストを達成した報酬《ほうしゅう》を担任教師から受け取り、また途中で教室を脱《ぬ》けたために最後まで聞けなかった事柄などを確認するためである。

まぁ新入生ではないわたしまで、律儀につきあう必要はないのだが……。

ツルギ『ていうことは』

つるぎが興味深そうに、わたしをやたらクリックしてパラメータとか装備品の詳細とかを眺めている。

ツルギ『学校にもこずに、おまえずっと「八岐大蛇《やまたのおろち》ＳＮＳ」をやってたのか――』

「いや、こればっかりやってたわけじゃないけど。他にも通販とか、漫画読んだりとか、ネットアイドルのブログを追いかけたりとか……」

ツルギ『最後のがちょっと気になるけど。おまえなー、学生なんだから勉強が第一だろうが。そういう遊びは趣味の範囲でやれよ』

「そういう説教をされたくないから、わたしが『八岐大蛇ＳＮＳ』のプレイヤーだって知られたくなかったのに……」

ていうか、仕事中でもゲームしてるつるぎに叱《しか》られるとむかつくなぁ。

だけど、こいつらお兄ちゃんに変なことしようとするんだもの——せっかく正体を隠していたのに、でてきてしまった。

今から考えるとリアルのこいつらを殴《なぐ》り倒したほうが早かった気がするが、後の祭り。

溜息《ためいき》をつきながら、わたしはやる気なく問いかける。

「だけど、話を聞いてるとわたし以外にも『八岐大蛇ＳＮＳ』に没頭して学校にこない生徒が多いんだって？」

「ふにゃあ」

ゲーム内でも眠そうなかがみが、ゆっくりと応えた。

「『八岐大蛇ＳＮＳ』を運営してる会社にハッキン……ちょっと調べたら、わたしと同じクラスで現在、登校していない生徒は全員がそうですね。十数名です。同じ理由でそれだけの人数が休むのは、はっきりいって異常事態なのです」

「かがみ、ハッキングとかできるの……？」

「そういう『機能』はあるようです。わたしは自分自身の性能をあまり己の意志で発揮できないので、よくわかりませんが。だからこそ、こうして地道にみんなと一緒にゲームをして『八岐大蛇《やまたのおろち》ＳＮＳ』を調べているわけですし」

ツルギ『かがみが全部調べてくれたら楽だったんだけど、こいつは「怪異」への抵抗力があぁんまりないからな。危険かもしれない「改変」にひとりで触れさせたくなかったんだよ』

つるぎがブドウ糖を補給するためか、人形焼きをもふもふ食べている。

ツルギ『まぁ、鎖々美《ささみ》が引きこもってる理由はちょっと特殊だとしても――他の連中はどうにも納得いかねーからな。たしかにこの「八岐大蛇ＳＮＳ」はけっこう面白いけど、うら若い連中が不登校になってまでのめりこむほどの中毒性はないはずだ。将来を棒に振ってまで、十数人が――ってのは、やっぱり異常だよ』

「何者かが、生徒たちを洗脳したり、あるいは恣意的《しいてき》に『八岐大蛇ＳＮＳ』中毒にして――離れられなくしてる、ってこと？」

他人事《ひとごと》のように語ってるが、もしかしたら、わたしも……。

これまでわたしが『八岐大蛇ＳＮＳ』に注ぎこんできた膨大《ぼうだい》な時間が、すべて誰かに強制されたものだったとしたら、あまりぞっとしないが。

「ちょっと調べてみたんだけど」

わたしは先ほどまでお兄ちゃんたちの騒ぎを監視しつつ、ホームページなどで見つけた二ユースを読みあげる。

「わたしたちの学校だけじゃない。全国で『八岐大蛇ＳＮＳ』に没頭して、引きこもっちゃうひとたちが増えてるんだって。社会問題になってるみたい。『八岐大蛇ＳＮＳ』のユーザー三十万人のうち、数千人から――多ければ一万人ぐらいが」

ツルギ『一万人の引きこもりか……』

つるぎは警戒心をにじませる。

ツルギ『それだけの人数を洗脳し、霊力を吸いあげ、あるいはその認識を左右して意のままに操っているとしたら――「八岐大蛇ＳＮＳ」に巣食っている「怪異」は、予想以上に強大で、おまけに大食らいみたいだな。放っておいたらどんどん被害が増える……』

「『八岐大蛇ＳＮＳ』に『神々』が、あるいは『悪神』などの敵対存在が関わっているのは、ほぼ間違いないでしょうね」

かがみも真面目に考察に加わった。

「ちょっと尋常ではありません。けれど、その何者かの目的がよくわかりませんね。それだけ膨大な人数を取りこみ、ちからを蓄えて――いったい何を望んでいるのでしょう？　人間の霊力を吸収するなどの行為はあくまで『手段』であって、そうして得たちからを用いて何らかの『目的』を果たすのがふつうです。けれど『八岐大蛇ＳＮＳ』に巣食っている何者かは、目立つ行動はしていないですよね……」

ツルギ『そうだな。今のところその何者かはひたすら電力を溜《た》めているようなもの。電子レンジにせよ冷蔵庫にせよ、電力ってのは何かに利用してこそ初めて役に立つもんだ。何にも用いられない、ただの電力なんて――人間をいたずらに感電死させるだけだ』

つるぎは忌々《いまいま》しそうにつぶやいた。

ツルギ『今回はどうにも、敵の姿が見えねーな……目的意識を感じない。ひたすら人間を集めて、そのちからを吸いとって、それだけだ。あたしらという明確な脅威が侵入したのに、今のところほぼ放置してるっぽいし――あたしらを舐《な》めてるというより、やっぱり自動的なんだよなぁ。プログラムっぽいというか、それこそＮＰＣ《ノン・プレイヤー・キャラ》っぽいというか……意志のある人間じゃなくて、それこそゲームの敵キャラと戦ってるみたいだ』

「つるぎ姉《ねえ》」

ずっと黙っていたたまが、いつになく凛々《りり》しい表情でつぶやいた。

「大変な事実が判明したよ――」

ツルギ『……どうした』

つるぎが機敏に反応する。

ツルギ『何かに気づいたのか、たま？　何でもいい、今はとにかく情報が少なすぎる――何となくでもいいから、勘づいたことがあったならお姉ちゃんに教えてくれ』

「いや……その――」

たまは真っ赤になって、いやんいやん、みたいな仕草をした。

「にょ、尿意が」

ツルギ『**それは大変だな！**』

おしっこ行きたくなっただけかよ。

たまに期待したのが間違いでした。

ツルギ『**おまえそういうのはゲーム始める前に済ませとけよ……**いきなりシリアスな声だす**から何事かと思ったじゃねーか**』

「ひーん！　ごめんなさぁい！」

たまは震えながら立ちあがると、つるぎの着ている白衣をぐいぐい引っぱった。

「つ、つ、つるぎ姉……ついてきて――」

ツルギ『**おまえなー、もう小学生なんだからトイレくらいひとりで行けないの？　お姉ちゃん今ちょっと考えごとしてるんだけど？**』

「かなしい事実だけれど」

たまは物憂《ものう》げな表情でつぶやいた。

「じんるいはまだ、その段階に至っていないのだ」

ツルギ『**意味がわからんわ。ああもう、しょうがねぇな**』

つるぎも世話焼きなので、立ちあがるとたまの手を握って部屋の出入り口へ向かう。

ツルギ『じゃあ一緒に行ってやるよ――すまん！　あたしとたまはしばらく抜けるから、おまえらだけで進めといてくれ！　あとで合流するから！』

「ふにゃあ」

かがみも呆《あき》れたような顔をしている。

「まぁ、教室に戻るだけですしね……今のところ行きみたいに不良に襲われることもないですし、わたしたちだけでだいじょうぶでしょうか？」

「まぁ、もしものときはわたしが戦えるしね」

わたしは安請けあいする。自慢じゃないがわたしのキャラは超強いので、『ヴァルハラ』にいるような連中を除けばほとんどの敵は片手であしらえるのだ。

「わかった、任せたぞ」

つるぎは久しぶりに肉声でそう告げると、すんすん泣いているたまを引っぱっていく。

「ほんじゃ、いくぜ――たま、おまえ学校ではトイレどうしてるの？」

「あのね、クラスメイトの希美《のぞみ》ちゃんとか、先生に一緒に行ってもらってるの……」

「希美ちゃんはともかく、おまえんとこの先生って独身の男だろ――大丈夫なのか？」

などと会話しながら、ふたりが足早に去っていく。

「トイレは一階にあるから！」

わたしはそう教えてあげると、ゲームに戻る。

硬直したツルギとタマは置き去りにして、三人だけで教室へ向かった。

まぁ、学校内なら彼女らを放置しても危険はあるまい。

「………………」

「………………」

「………………」

しかし今気づいたけど、残った面子《めんつ》だと会話が発生しない。

かがみは無口だし、わたしはコミュニケーション弱いひとだし、お兄ちゃんは変態だ（お兄ちゃんはさっきからわたしのキャラのプロフィールを眺めてうっとりしたり、画像を保存したりするのに忙しくて会話に参加してこない）。

気まずいなぁ……。

わたしは落ちつかないまま、とりあえず辿《たど》りついた教室の扉を開いた。

「え……？」

そして絶句する。

かがみたちのクラス――『1年47組』は、真っ赤だった。

担任教師も、数十人いた生徒たちも、無惨に皆殺しにされていたのだ……。

「何……これ……？」

わたしは呆然《ぼうぜん》と立ちすくむ。

かがみとお兄ちゃんも同様である。

さほど広くない教室で、先ほどまでふつうに学園生活を楽しんでいた面々が、血まみれになって倒れている。

ゲームとは思えない、生々しくもグロテスクな屍体《したい》の山だ。

こんなの、わたしは見たことがない。

まるでテロの現場みたいだ。

何かが爆発したみたいなのだ。

あるものは肉片になって、あるものは両腕が吹き飛び、ある者は頭蓋骨《ずがいこつ》が割れて中身が飛びだし、あるものは黒こげになって、それはファンタジーではありえない――戦場写真のような異様さだった。

「何があったの!?　何でみんな死んでるの!?」

わたしは動揺して叫んだ。

あっちゃいけないんだ、こんなことは。

『八岐大蛇《やまたのおろち》ＳＮＳ』は、楽しく遊べるゲーム性に特化したＳＮＳで、爽快感《そうかいかん》とストレス発散と、ちょっとしたコミュニケーションと、達成感を味わえる――面白くもない現実よりもはるかに居心地のいい、素敵な現実逃避の場所だったのに。

何だこれは。

何なんだ。

呆然《ぼうぜん》としているわたしの目の前で、生徒たちは光の粒子となり、消滅していく。

屍体が残らなかった――二度と『蘇生《そせい》』ができない、完全なる死……『消滅』である。

皆殺しにされ、彼らはこの世界に関わる権利を失ってしまった。

おまけに、それで終わりではない。

光の粒子はいつもならしばし漂ってから消えるのに、なぜか今だけは蛍のごとく、うすく尾を引きながら窓の外へ飛びだしていったのだ。

何かに吸い寄せられるように。

「ささみさん……あれは何ですか？」

お兄ちゃんが光の粒が去っていった方向を見据えて、困ったような声をあげる。

窓の向こう。

広々とした校庭を、その奥にある城下町を、踏みつぶすようにして――。

地平線の向こうまで、異様な大軍勢が集結していた。

モンスターである。鬼のようなもの、豚の顔の戦士、禍々《まがまが》しい巨人、ドラゴン、サキュバス、クラーケン、ゴブリン、スライム――その他、もろもろ。

「魔王の軍勢だ……見て、お兄ちゃん！　かがみも！」

わたしはモンスターの群れの後方を、必死になって示した。

そこに巨大な化け物が鎮座《ちんざ》している。

あまりにも質量がおおきすぎて、建築物にしか見えない。

けれどそれは間違いなく生き物だった。

八つの頭をもつ竜。

そのようにしか表現できない——絶対的な存在である。

それは大樹のような首を厳《おごそ》かに揺らし、火炎のような舌をちろちろ見せながら近づいてくる。

ゲーム画面のなかにいるのに、それは今にも飛びだしてわたしの喉笛《のどぶえ》を食いちぎりそうな、異様な迫力があった。

「八岐大蛇《やまたのおろち》だ……」

わたしはその姿を見たことがあった。

『八岐大蛇ＳＮＳ』の公式ホームページ——そのトップに、その姿は表示されている。

「魔王と呼ばれている、絶対者。この世界を創りあげた神々が集合した、かつてあらゆるものを破滅させようとした暴君……いつか復活するっていう設定だったけど、ありえない。あいつが出てきたらゲームが終わっちゃう——だってあいつは、ラスボスなんだから……」

この『八岐大蛇ＳＮＳ』は、いつか復活する魔王・八岐大蛇を倒すための冒険者を育成する学校、という設定である。

だからこそ魔王は永遠に復活してはいけないのだ。

八岐大蛇がでてきたら、生徒も教師も卒業生も、あれを倒すために戦わなくてはいけない。

そして倒したら、そこで物語が終わってしまう。

架空の世界の物語が終わるということは、この世界が閉じてしまうということだ。

わたしが逃避しつづけたこの居心地のいい楽園に、終末が訪れるということだ。

「きゃあああっ!?」

かがみが悲鳴をあげる。

魔王の軍勢が砲撃を放ってきたのだ。

校舎の壁が砕け、窓ガラスが弾け飛ぶ。

同時に接近してきたモンスターたちが教室に踏みこんでくる。

生徒たちはあの砲撃で、あるいは怪物に襲われて、皆殺しにされたのだ。

わたしはそれを直感する。

「八岐大蛇……？　あのでっかい化け物が？」

慌《あわ》てて溢《あふ》れてきたモンスターから距離をとりつつ、かがみが表情を変える。

「強いちからを感じるのです――あれはわたしたちと同様の、神々のともがら……ついに『敵』が姿を現したということでしょうか？　すごい神格《しんかく》……予想以上なのです」

「あれが『敵』……？　よりにもよって、この世界における最強のモンスターに『敵』が宿ってるの……？」

わたしは目を白黒させたが、それどころではなかった。

異変は次の瞬間に起こった。

「何だか打ち切り漫画みたいな展開ですね――うひゃあ!?」

どことなく不謹慎なことをつぶやいていたかがみが、リアルで引っくりかえった。

これまでは女の子座りしていたのに、その両足が真上に跳ねあがったのだ。

そしてキャラを動かすためにマウスに添えていた手のひらが、ずるう……とマウスのなかに吸いこまれていく。まるで見えない穴があいていて、そこに落ちていくみたいに。

「こ、これはいったい……きゃあああ!?」

すぐにその姿は完全に見えなくなって、わたしは恐慌に陥《おちい》りそうになる。

「かがみ!?」

カガミ『痛たたた……あ、あれ？』

そして、わたしは最悪の事実を知ったのだった。

画面内のかがみが、まるでどこかから落ちてきたみたいに、尻餅《しりもち》をついている。

そして先ほどまでは声をだしていたから必要なかった、文字での発言をしているのだ。

わたしは嫌な予感をおぼえて、タイピングする。

ササミサン『あの、かがみ、もしかして――』

画面内のかがみが、ぱちくりと妙に生々しく瞬きをした。

カガミ『こ、ここは、ひょっとして……ひいっ⁉』

見る間にモンスターが群がってきて、かがみは慌《あわ》てて逃げまどう。

彼女はどうやらゲームの内部に吸いこまれてしまったらしい。

「やばいっ、お兄ちゃん！　たぶん、わたしたちも――」

わたしは最後まで言えなかった。

文字を打ちこむためにキーボードに触れていた指先から、わたしは強烈な牽引力《けんいんりょく》をおぼえ
――あろうことか、不思議の国のアリスみたいに真っ逆さまに落ちていった。

第十三話／引きこもりの神々

空気が変わったのが肌の感覚でわかった。
匂いがちがう。慣れ親しんだわたしの部屋にはない、血と硝煙《しょうえん》の匂い。
気がつくとわたしは荒廃した教室の真ん中に立っていた。
「…………！」
わたしは自《みずか》らの顔に触れ、愕然《がくぜん》とする。
発生した出来事は、言葉にすれば簡単である。
わたしたちはゲームの世界に吸いこまれたのだ。
「さ、ささみさん！」
お兄ちゃんとかがみが、必死になってわたしのそばに駆け寄ってくる。
周りはモンスターだらけだ。
考えている余裕がなく、わたしは夢中で手にしていた神獣剣《しんじゆうけん》を振り回す。
わたし身体《からだ》弱いし剣なんか扱ったことがないのに、自分でも驚くほど機敏に動けた。

すぐに周りのモンスターを打ち倒し、消滅させる。

「おぉ、強いのです」

この状況でも呑気《のんき》なかがみに、わたしは泣きそうになりながら問いかける。

「な、何が起きたの⁉」

「見てのとおりなのです」

腹が立つほど冷静に、かがみはモンスターを倒すことでできた宝箱をあけたり、散らばったゴールドを拾ったりしていた。あんたはどこでも逞《たくま》しく生きていけると思うよ。

「どうやら、わたしたちはゲームの世界に取りこまれてしまったようなのです。たぶんパソコンの画面に表示された映像で催眠《さいみん》され、精神だけ吸いこまれたのでしょうね——わたし、神様としての能力も使えないみたいですし、身体に搭載されているはずの機能も反応がないですから。おそらくこれは、夢を見ている状態に近いのです」

「夢？　これが夢？」

それにしては、呼吸する空気も敵を倒す手ごたえもやけにリアルだが。

それよりも、わたしには意味がわからない。

「どうして、そんな——わたしたち、どうなるの？」

「さぁ」

かがみが窓ガラスが散らばる壁際まで歩いて、その向こう——邪悪な大軍勢と、その中央に鎮座《ちんざ》する八岐大蛇《やまたのおろち》をぼんやり眺める。

「それは、『敵』さんに聞いてみるしかないのでは？」

地響きと轟音《ごうおん》が耳をつんざくなか、そこではひとつの戦争が行われている。

『学園』の生徒や教師が、否《いな》、全世界からこのときのために学び自らを鍛《きた》え成長してきた『防衛者』たちが、一致団結して魔王の軍勢と交戦しているのだ。

あの猫耳の校長など、見たことのある顔もいる。

雷撃を放ち、聖なる光で敵を蒸発させ、剣や槍を振るう。

けれどモンスターたちは無尽蔵に湧《わ》いてくる。

みんな必死に戦っているが、こちらの数は有限だ――ひとり、またひとりと倒れていく。

粉々に砕け、消滅していく。

見ていられない、残酷な、まさに戦争そのものの光景だった。

鉄扇《てっせん》を振り回し一騎当千《いっきとうせん》の働きをしていた猫耳の校長に、八岐大蛇が目をつける。

「ニャ!?　何するニャ、放すニャ～!?」

八岐大蛇の長い舌が校長の手足に絡みつき、彼女を宙吊《ちゅうづ》りにする。

「せ、拙者に構わずに、みんな戦うニャ!!　諦《あきら》めなければ、きっと――」

そのまま彼女は魔王のあぎとに食いつかれ、無惨な血の華を咲かせる。

身体《からだ》が中途から引きちぎられ、愛らしい猫耳幼女は空中分解して消滅した。

凄惨《せいさん》な光景に怯《ひる》み、『学園』の勢力は総崩れになる。

世界各地から、強者たちの集う『ヴァルハラ』からも戦士たちが駆けつけたが——多勢《たぜい》に無勢《ぶぜい》なうえに、八岐大蛇が強すぎた。

八つの頭が動くたびに、誰かが血祭りにあげられる。

それはすべてを破壊する終末の神々にも似た姿だった。

「だめだ強すぎる……」

わたしは唸《うな》った。

「ギャンブルと同じだ——勝てないように胴元が設定した勝負には、勝てないんだ。八岐大蛇は『神々』なんでしょ？　『改変』して、この世界のルールを書き換えて、どんなプレイヤーでも自分に勝てないように設定してるんだ……どうしようもないよ」

「そのようですね」

蹂躙《じゅうりん》されていく人々を眺め、かがみが思案する。

「ふつうのプレイヤーたちは全滅するでしょう。わたしたちも危険かもしれません。全力で、リアルのほうにいるわたしの機能や神様としての権利をこちらに移動させようとしていますが——八岐大蛇の神格《しんかく》は高すぎる……わたしでは、あいつが妨害しているかぎり、神様としての権利をこちらに移せない……」

「お、お兄ちゃんは？」

　わたしはお兄ちゃんに期待したが、かがみが首をふる。

「だめです。先生は霊能力といわれる、神様としてのちからを用いるすべを知らないのでしょう？　銃弾があっても銃器がなければ意味がない――敵は『最高神』にも匹敵する神格《しんかく》です……。先生をうまく誘導して八岐大蛇《やまたのおろち》を倒すように仕向けても、たぶん相手が集中してきちんと対応すれば、先生では上手に相手を駆逐できません」

「わたしが、お兄ちゃんを誘導できればいいんだけど……」

　わたしには霊能力がある。

　神様としてのちからを、うまく活用するすべを知っている。

「だけど、今のわたしには神格がほとんどない――霊的なちからを、リアルのわたしからゲーム内にいる今のわたしに移せない……お兄ちゃんのちからを導き、制御することができない――」

　わたしとお兄ちゃんのいびつな関係が、完全に裏目にでている。

「八岐大蛇の行動の意味は、いちおう推測できるのです」

　かがみは自分の肉体との接続を取り戻そうとしているのか、ひたすら宙を睨《にら》みつけながら説明してくれた。

「この『八岐大蛇ＳＮＳ』をプレイしているとき、わたしは独特の感覚に襲われました。自我が分裂するような、自分の肉体を忘れ、ゲームの世界に入りこんだような錯覚です。感情移入なのでしょうね……ゲームをしているとき、わたしたちは自分の身体《からだ》のことを忘れ、ゲーム内のキャラになりきっている」

髪の毛をかきあげて、忌々《いまいま》しそうに。

「そうした自我の一時的な分裂を、つまり隙《すき》をついて、八岐大蛇はわたしたちの肉体と精神を切り離したのです。わたしたちがゲーム内に没入したまま、リアルの世界に帰っていけないように——たぶん現実には、魂の抜けたようなわたしたちの肉体の抜け殻《がら》だけが、残っているのでしょう……」

八岐大蛇を指さし、彼女は断言した。

「そうして、あの強大な神はプレイヤーの精神だけをゲーム世界に閉じこめていたのです。登校しなくなった生徒は、そうしてゲーム内に囚《とら》われて——八岐大蛇に食われてしまい、抜け殻になってしまったのでしょう」

ゲームが楽しくて、中毒になって、学校がどうでもよくなったわけではなかった。

生徒たちは、そして日本各地で社会問題になっている、『八岐大蛇ＳＮＳ』に没頭して引きこもりになっている人々は——。

現実が嫌《いや》で、遠ざかったのではない。

たぶん帰れなくなっただけなのだ。

「さらに八岐大蛇はプレイヤーをゲーム内で倒し、殺害することで、彼らを自我のない光の粒子にまで還元し──取りこんでいる。夢も見ない深い睡眠のように、彼らは考えることもできないまま、八岐大蛇《やまたのおろち》の一部となる」

首を傾《かし》げ、かがみは不思議そうにする。

「しかし、解《げ》せないのは……八岐大蛇が、それ以上のことはしていないという事実なのです。八岐大蛇が悪意のある神なら、抜け殻《がら》になった人々を放ってはおかない。彼らの肉体を操り、現実世界への侵攻を開始することも可能なはずです」

わたしはぞっとした。

自我を奪われた人々が、ゾンビのように八岐大蛇の手駒となって、人形となって、他の人々に襲いかかる光景を想像したのだ。

だけど──現実世界でそんな事件は起きていない。

八岐大蛇は、人々の自我を奪っただけで満足している。

どうして？

野心のない『神々』なのか？

だけど、ならばどうして人々の心を吸いこむなんて、凶悪な行動をする？

何を目論《もくろ》み、何を考えているのか──さっぱり理解できない、不可思議な化け物。

「まるで伝説にある悪神・八岐大蛇のように……ただ生贄《いけにえ》を求め、それを貪《むさぼ》り食うだけで、強大なちからがありながら──それ以上のことはしない。謎《なぞ》なのです。あのちからがあれば、現実世界に自分の王国を築くこともできるでしょうに」

「現実には興味ねーんだよ、きっと」

不意に、ちいさな声が響いた。

@

@

@

気づくと、わたしたちの背後に邪神《やがみ》三姉妹の長女と三女が立っている。

トイレに行って、帰ってきたらしい。

否《いな》、ここはゲーム内の世界。

彼女らも取りこまれてしまったのか……!?

「おっと、安心しろよ。あたしらは自《みずか》ら望んでこの世界に侵入したんだ」

特攻服を着たつるぎは、つまらなそうにつぶやいた。

「八岐大蛇の神格《しんかく》が高いとはいっても、たまには劣るし、経験を積んだあたしをまんまと取りこめるほどの小賢《こざか》しさもない。だから、あたしらが抜けておまえら三人だけ残ったとき、これ幸いにと仕掛けてきたんだろうけど」

その声には安心感がある。

「やっぱり自動的なんだよな──あの化け物は。食えると思ったら食いつく、食いつけたら取りこむ。それだけだ。動物と変わらねーよ……ごちゃごちゃ難しく考えすぎてた。八岐大蛇《やまたのおろち》は何かを悪巧みできるような、そんな高等な存在じゃない」

つるぎは腕組みし、真っ直《す》ぐに魔王を見つめる。

「あいつはただ、この世界を維持したいだけだ。この『八岐大蛇SNS』の世界をな。この異世界が『ずっとつづけばいいのに』っていう、それだけの望みを抱《いだ》いている存在だ。現実のことなんかどうでもいい、自分の住処《すみか》を守れればそれだけでいい──ってわけだ」

「どうして、そんなことが断言できるのですか?」

かがみの疑問に、つるぎは呆気《あっけ》なく応える。

「気づかねーか? あの八岐大蛇はあたしたちと似ている──『最高神』のともがらだ。あたしたちと同じ匂いがすんだよな。それにこの神格《しんかく》の高さは、他にはありえない。推測することしかできねーけど……たぶんこれで正解だろう」

そして彼女は、唐突にわたしを見てきた。

傍観者のようだった、わたしを。

「あの八岐大蛇は、鎖々美《ささみ》、おまえがまだ『最高神のちから』を有していたころ──無意識に生みだした化け物だ。おまえの願いが、欲望が具現化し、この世界を『改変』した結果……誕生した、というかあのかたちに結実した新たな『神々』のひとつだ」

「わ、わたしが……？」

たしかに、わたしは以前、『最高神のちから』を有していた。

あのころに？

わたしががんばってがんばって、疲れ果てて、泣き暮らしていた――あのころに？

「おまえのキャラのプロフィールを調べていて、知った。プレイ時間が数千時間だって？　一日二時間ぐらいとしても、千日。約三年だ。三年前、おまえはまだ今みたいな暮らしをしていなかっただろう？　つまり――おまえは『最高神のちから』を有していたころから、『八岐大蛇ＳＮＳ』を楽しんでいたんだろう？」

そうだ。

わたしはあの神社で、実家で、『最高神のちから』を宿す巫女《みこ》としてがんばっていた。地獄の責め苦を味わいながら、たわむれに与えられたパソコンを、現実逃避の手段として用いた。

そこには無限の世界があった。

閉鎖され時間すら停止していたようなあの実家の外を、広大で自由で混沌《こんとん》とした世界を、教えてくれた。わたしが実家から逃げだしたのも、そんな世界を知ってしまったからなのだけど。

しかし逃げだす勇気はなかなかでずに、わたしは『八岐大蛇ＳＮＳ』に耽溺《たんでき》した。

没頭し、そこで『第二の人生』を歩み、わたしは異世界での冒険を満喫していた。

そしてたぶん、願ってしまったのだ。

つらい現実から逃避するための楽園としての、『剣と魔法とファンタジーの世界』を――ずっと、いつづけばいいのにって、当時のわたしは望んでしまったのだ。

その願いを叶《かな》えるために、世界は『改変』された。

そして生まれたのが、あの八岐大蛇《やまたのおろち》か。

「そっか……」

わたしは感動すらしていた。

「ずっとこの世界を、守ってくれていたんだ」

がんばってがんばって、必死に、歯を食いしばって耐えていた。

『最高神のちから』を世界のため人類のため正しく使用するために、わたしは徹底的な教育と管理に晒《さら》されて、自由に飢えていた。

そして異世界に憧れた。ファンタジーに恋い焦《こ》がれた。

そんな幼い子供の現実逃避を、この世界は受けいれてくれた。

わたしはそんな優しい幻想を、ひたすら愛して、この世界を守ろうとしたのか。

その願いが八岐大蛇になって、神様になって、今もまだわたしのためにこの世界を維持していたのか。

わたしが『最高神のちから』を失い、ただのがんばらない退屈で無力な女の子になったから、わたしにつくられた八岐大蛇も零落《れいらく》し――弱体化してしまった。

それでも『八岐大蛇ＳＮＳ』を楽しんでいる人々を取りこみ、吸収しちからに換えてまで……ひたむきに、わたしなんかの望みを叶えつづけていたのだろう。

八岐大蛇。

わたしの生みだした化け物。

優しい現実逃避の世界を守護する、引きこもりの神様。

「わかってるよな？」

つるぎが、涙すら溢《あふ》れてきたわたしに、静かに言葉を投げる。

「終わりにしろ。おまえは現実に居場所を見つけたんだろうが――もう、異世界に逃げている必要はない。他人を犠牲にしてまで、この世界を維持していく意味はない。それを教えてやれ。主《あるじ》に忘れられても健気《けなげ》に尻尾《しっぽ》をふりつづける、あの忠犬に」

「わかってる」

ありがとう、八岐大蛇。

弱くて潰《つぶ》れそうだったわたしが、それでもまだ生きてこられたのは、現実逃避ができていたからだった。その逃避した先の異世界を守ってくれていた、あなたのことを、これまで気づきもしなかったんだね。

ごめんなさい。

そして、お疲れ様。

わたしはもうだいじょうぶだよ。

だから――。

「つるぎ、わたしの霊能力を、この世界にいるわたしに移せる?」

「うん? おう、神格《しんかく》の低いかがみや特殊な立場のおまえら兄妹とちがって、あたしとたまは全自動のあんな神にどうにかされるほどやわじゃねー。――この世界でも存分に神様の能力を使えるからな、ちょちょいと『改変』して……」

つるぎが朱塗りの布袋から、諸刃《もろは》の剣を取りだした。

そして大上段に振り抜く。

世界に亀裂が走り、そこから温かなちからが溢《あふ》れてくる。

それがわたしの身体《からだ》を取り巻くのを待って、わたしはお兄ちゃんの肩に手を乗せた。

「さ、ささみさん?」

さっぱり状況を理解していないお兄ちゃんに呆《あき》れつつ、わたしは久しぶりに、今だけは――がんばってみる。

八岐大蛇《やまたのおろち》は、がんばっていた時代のわたしがつくった化け物。

それを眠らせてあげるには、わたしはやはり、がんばるしかない。

「月読鎖々美《つくよみささみ》の名において命じる」

お兄ちゃんの身体のなかにある、最高神のちからを、一時的に借り受ける。

そしてまるで神様みたいに、居丈高に命じるのだった。

「荒ぶる神よ——鎮《しず》まれ」

地平線で尻尾《しっぽ》を振るみたいに八つの首を揺らした、巨大な八岐大蛇へ。

「拡散し、世界にとろけて眠りなさい」

上位の神格であり、八岐大蛇をつくりあげた存在であるわたしの命令は——長いときを経た今でも愚直にかつてのわたしの望みを叶《かな》えつづけていた、まさに忠犬のような八岐大蛇の全身に突き刺さる。

拒否されるかもしれない。

ずっと助けてくれていたのに、わたしは八岐大蛇の存在にすら気づかなかったのだ。

呆《あき》れて、愛想を尽かして、わたしの命令なんか聞いてくれないかもしれない。

それでも。

「わたしはだいじょうぶだよ！」

わたしは叫んだ。

昔みたいに、一生懸命に。

「そこそこ幸せに生きてるよ！」

だからもう、あなたも——がんばらなくていいんだよ。

@　@　@

…………………………。

…………………。

気がつくと、わたしはパソコンに取り囲まれたいつものちいさな空間で、パソコンデスクに突っ伏して眠りこけていた。肩に毛布がかけられて、お兄ちゃんの文字で『起きたらちゃんとベッドで寝なさい』と手紙が残されていた。

つけっぱなしのパソコン画面を見ると、ひとつのウインドウが表示されている。

『八岐大蛇《やまたのおろち》ＳＮＳ』は原因不明のトラブルが発生し、一時的に運営を中止しています。

トラブルの原因、解決時期については未定です。

利用者の皆さまにはご不便をおかけします。

「…………」

わたしは部屋を見回す。並べられていたパソコンも座布団も、邪神《やがみ》三姉妹の姿もなく、すべてはまるで夢だったみたいだ。

だけどわたしは覚えている。もう忘れない。

パソコンの電源を落とし、ん、ん、と伸びをして。

「ふわぁ……」

欠伸《あくび》をすると、お兄ちゃんの手紙どおりに、ベッドで眠ることにした。

異世界を守護する化け物なんて生みださなくても、幸せな夢くらいは見られるのだ。

第十四話／月読《つくよみ》鎖々美《さざみ》の考察❷

★敵対者たちについて。

▽上位の『神』に下位の『神』は従う。そして頂点に位置する『最高神』がこの世界を維持し、管理し統制し、他の『神々』はそれにあわせて己《おのれ》のかたちを規定する。それがこの『世界』のあらましだと、先んじてのレポートでは記述した。

▽それはまさに『神々』の王国である。王者が『最高神』で、国民が他の『神々』だ。けれど『神々』が『人格』（欲求、感情、自覚、好き嫌いなどなど……）をもつ『個人』であるかぎり、誰もが何の疑問もストレスもなく王者に従っていられるわけがない。

▽どんなに治安のいい国家でも犯罪は発生するし、些細《ささい》なことがきっかけで喧嘩《けんか》は起きる。国家の転覆を企てるテロリストや、社会に不満を抱くものもいる。外国からの侵略もあるかもし

れない。『最高神』が弱ったり、現在のお兄ちゃんのように無能になると、王者が愚《おろ》かな国家のようにそれらの不安要素が表出してくる。これらを仮に『敵対者たち』と呼称してみる。

▽『最高神』にすら逆らうもの（まぁ力関係が圧倒的なので、上位の神に逆らってもまず勝てないのだが、それでも不満があれば拳《こぶし》を握って殴りあうこともあるだろう）、互いに牽制《けんせい》し、あるいは争うもの……常に他者を蹴落《けお》とそうとするもの、意味なく暴れまわるもの——『神々』といえどもその性格は十人十色で、『最高神』がいくらがんばって管理しようとしても巧《うま》くいかない、迷惑なじゃじゃ馬はけっこういるのだ。

▽たいていの『神々』は『最高神』が、あるいは高位の神格《しんかく》をもつ邪神《やがみ》三姉妹などが命じればおとなしく従う。だが『敵対者たち』はこちらがどれだけ命じても逆らい、暴れ、まさに敵対してくる。わたしたちの邪魔をする、こちらを害しようとしてくる連中は、たいていがこの『敵対者たち』である。

▽おおきく分類して、『敵対者たち』は三種類。すなわち『悪神』『外敵』『人害』である。

▽『悪神』はいわば国家における犯罪者だ。統治者の、あるいはお偉いさんの言うことをきか

ずに、自分の要望を達成しようとする暴れん坊。こいつらは上下関係を無視するように、自分の我《わ》が侭《まま》を達成するために敵対してくる。なかには『最高神』を倒し自分がナンバーワンになる！　なんて大それた望みを抱いているものもいるらしい。それじゃ犯罪者を通り越して――もはやテロリストである。
▽ただ『悪神』はたいていの場合、さほど強くはない。『最高神』や邪神《やがみ》三姉妹よりも高位の『神々』など滅多にいないから、ふつうに対決すればまず負けることはない。だからこそ小細工を弄《ろう》するらしいが、鬱陶《うっとう》しいだけであまり警戒することもないようだとか。
▽ひとくくりに『悪神』といってもいろいろいるらしく、例の『バレンタインの惨劇』のときにつるぎたちが『悪神』と呼んでいたのは、『最高神アマテラスに喜んでもらうため』チョコレート化した『神々』だった。彼らは『最高神』のために行動し、つるぎたちに敵対したので彼女らにとっては『悪神』だった。けれど見方を変えれば『最高神』に逆らっていたのはつるぎたちなので、彼女らこそ『悪神』である――あのときは。
▽まぁ、『神々』の上下関係から逸脱し、自分勝手な行動をする国内の『神々』が『悪神』――という定義でいいだろう。

▽そして『外敵』は国外の存在である。滅多に関わってはこないし、わたしも詳しくは知らないが――諸外国にもそれぞれの宗教が、神話が、『神々』が存在しており――独自の文化と勢力を築きあげているらしい。まさに『外国』である。

▽『外国』なので当然、言うなれば『日本の王様』でしかない『最高神アマテラス』に、彼らは従わない。そんな『外国の神々』のなかで、日本国内の事情に首をつっこみ、いろいろと暗躍しているものを『外敵』と呼ぶ。

▽文字どおりの侵略者だが、外国間での『神々』の戦争などに発展するケースは、最近はあまりないらしい。とはいえ決して無視できる存在ではなく、お兄ちゃんという間抜けが『最高神』として君臨しているのを見て、与《くみ》しやすしと見て攻めてくる危険性もある。油断はならないのである。まぁ、今のところ怪しい動きはないようだけど……。

▽そして『人害』は、悪意ある『人間』のことだ。『人間』はちょっと特殊で（どう特殊なのかは難しい話題になるので、わたしも完全には理解できていないけど）、『神々』とは異なる論理で行動できるらしい。

▽霊能力、呪術《じゅじゅつ》、宗教、祭事……諸々の手続きや道具を用いて、『人間』はときどき『神々』すら凌駕《りょうが》する実力を発揮することがある。そうして『神々』に影響を及ぼす人々は『人害』と呼ばれ、恐れられる。

▽代表的なところでは、うちの実家だろうか。かつて『最高神アマテラス』を生け捕りにして、この国に人間の栄華を築いた月読《つくよみ》の一族——わたしがお兄ちゃんと一緒に家出をしてから、不気味なほどに沈黙を守っているが……そろそろ、何か仕掛けてくるかもしれない。

がんばらないでいられる、平穏な日常は、あとどのくらい続くのだろうか。

第三部
ニニギノミコト

ささみさん@がんばらない

第十五話／天岩戸《あまのいわと》への遠征〈前編〉

たまには昔のことを思いだそう。

わたしの実家は九州の片田舎にあって——その神社には代々、受け継がれるひとつの役目があった。

『最高神アマテラス』の封印と管理、支配。

遠く神世の時代に『何らかの方法』で最高神を生け捕りにし、『人間に都合のいい世界』を——有史を、維持しつづけてきた神秘の家系。

ニニギノミコトの正当な血族を名乗る、人々を裏から支配する不気味な霊能者の集団だ。

霊能力とは、『万物には八百万《やおよろず》の神々が宿っている』＝『人間の肉体にも神は宿っている』という考えかたから、その『神としてのちから』を技術や道具で利用する方法である。

神格《しんかく》でいうと、『人間の肉体』はさほど高くない。ふつうの『生物神』である。

だからこそ修行を積み、精進し、『神』を肉体におろし、または食らってちからを高める。

そうして鍛《きた》え抜かれた霊能者は、『人間に都合のいい世界』に不利益な『悪神』などを懲《こ》らしめる。人々の平和な日常を維持するためにその事実は『改変』され、あまり世間のみんなは霊能者の存在を知らないか、信じていないけれど——。

ともあれ、わたしもそんな霊能者のひとりとして生まれたときから育てあげられた。

厳しい鍛錬《たんれん》と地獄の責め苦のような修練の日々だったが、充実していた。

神社という閉鎖された環境で育ち、なかば洗脳されていたわたしは、霊能者を世界を守る正義の味方なのだと思いこんでいた。

我々はただ『最高神』を騙《だま》し生け捕りにし、世界を無理やり自分たちに都合がいいように歪《ゆが》めている逆賊にすぎないのに。

わたしは半《なか》ば監禁されるようにして神社に閉じこめられ、ひたすら修行をつづけていたが、たまに我慢できなくなって家を脱《ぬ》けだした。霊能力を高める鍛錬はおそろしく苦しかったし、わたしは世間にも人間にも好奇心いっぱいのちいさな子供だった。

脱走するたびに大騒ぎになり、酷《ひど》く叱《しか》られるのだが、気にしていなかった。

そして漫画やゲームを楽しむために足繁く通っていた漫画喫茶に、インターネットの環境が整ってから、わたしの『常識』は崩れていく。

さほど娯楽のない田舎町から、ネットワーク回線を通じて、わたしは広く混沌《こんとん》とした世界を旅するようになった。ブログを眺めたりして、わたしは知識を増やしていった。

そして、ある霊能者が制作していたホームページを閲覧《えつらん》し、わたしは今の世界の真実を——

わたしの一族の正体を、理解するのだった。

この『人間に都合のいい世界』を維持《いじ》するための『最高神のちから』は、親から子へと代々、受け継がれるものらしい。

わたしの家系──月読《つくよみ》の苗字《みょうじ》をもつ一族は、そんな途方もない役目をもった存在なのだ。

わたしは愕然《がくぜん》とし、怯《おび》えた。

世界の維持だなんて、いくらなんでも責任重大すぎる。

わたしのこれまでの修行は、鍛錬《たんれん》は、すべてそのためのものだった。

身体《からだ》の内側に『最高神』を封じ、そのちからが暴走しないように制御するためのものだった。

その翌年に、母が若くして亡くなった。

『最高神のちから』は『巫女《みこ》』として育てられたわたしに受け継がれ、祝福されながら、わたしの地獄の日々は始まった。

@　@　@

過去の記憶はいつも悪夢。

「ん………」

わたしは気怠《けだる》い睡眠から目覚めて、ベッドのなかで身じろぎをする。

春はまだ遠く──夜は酷《ひど》く冷えるので、わたしは寒くて布団《ふとん》のなかで丸まった。

枕元の時計を確認すると、午後の六時。

引きこもり生活がつづくと不眠になりがちで、おまけに生活リズムは変になってしまう。

起きてもべつにやることないし。

寒いから、もうちょっと寝てようか。

「はぁふ……」

欠伸《あくび》をしてから、それがいいよね、うんそれがいいよ、と自分に甘いことを考えながら二度寝を楽しもうとして。

「うん？」

不意に気づいた。

うつ伏せに寝ようとしたら、胸元に違和感があったのだ。

痛くも痒《かゆ》くもないが、なんか邪魔なものがそこにある。

わたしのおっぱいはべつに寝るのに邪魔なほどのものではないので、何かぬいぐるみとかを挟みこんでしまったのだろうか……？

面倒に思いながら寝返りをうって、ベッドの上を手でまさぐり、それらしきものを探す。

何もない。

急に不安になって、自分の胸元に指で触れた。

違和感。

「ひっ」

眠気なんか吹っ飛んだから、わたしは慌《あわ》てて飛び起きる。

リモコンで部屋の照明をつけて、落ちつけ、と心に言い聞かせる。

極力、胸元に目線を向けないようにして——部屋のなかにある洗面台に向かった。

眠気覚ましに顔をぱしゃぱしゃと洗ってから、あらためて自分を見つめる。

胸元に異様なふくらみがあった。

「何これ……？」

場所としては鎖骨の根元あたり。

そこに何かが存在していて、パジャマの生地を押しあげて存在感を主張している。

それも不自然なふくらみだ。

凸凹《でこぼこ》としていて、何がこのなかに納まっているのか、ちょっと想像ができない。

そういえば昨日の夜、お風呂に入ってるとき——このあたりに、ちいさな出来ものみたいなのがあったような。

にきびみたいな、ちいさなものだったので……放っておいたのだが。

それが急に、おおきくなった？

「何だろう……何でこんなにふくれてるの？　癌《がん》、とかじゃないよね——腫瘍《しゅよう》？　へ、変な病気だったらどうしよう……」

わたしは泣きそうになって、パジャマのボタンをひとつひとつ外していく。

その『何か』を確認するのは怖《こわ》かったけれど、それが何だかわからないままのほうがずっと恐ろしかった。

わたしは意を決して、上半身をほとんど露出させる。

そこに現れたのは、わたしの想像を上回る物体だった。

「え……？」


それは何者かの手のひらだった。


わたしの胸から、誰かの手首から先が生えているのだ。

右手だろう——ほっそりとしていて指先まで白く、爪はよく整えられている。

たぶん女の子のものだ。というか……。

やけに見慣れているような……。

ためしに自分の右手を、その胸元にだらんと垂れ下がった右手の横に添えてみた。

そっくり同じだった。爪の長さから、ほくろの位置まで。

「わたしの手……？　どういうこと……？」

「ささみさ～ん♪」

青ざめて震えていると、お気楽な声が聞こえてきた。

お兄ちゃんだ。

「晩ご飯の時間ですよ～もう起きていますか～♪　起きていないなら眠れる森の美女のようにお兄ちゃんが愛の接吻《せっぷん》をうふふうふふふふ」

何か意味がわからんことを囀《さえず》っているが、こんな変態でも今は頼もしい。

わたしは血の気を失ったまま、部屋の出入り口に駆け寄り、扉を開いた。

「お兄ちゃん！」

「うわっ、びっくりしました！」

わたしから扉を開くのは珍しいので（いつもお兄ちゃんは勝手に入ってくる）、お兄ちゃんは驚いたようだった。手に温かな夕食が載ったお盆を確保しながら、律儀にもう片方の手で顔出しNGのヌードモデルみたいに顔を隠している。

わたしはそんなお兄ちゃんの腕に縋《すが》りついて、泣きそうになる。

「お兄ちゃんお兄ちゃん、どうしよう！　あのね、わたしの胸に――」

「ささみさんの胸に？」

お兄ちゃんは指をずらして、わたしのことを覗《のぞ》き見る。

「ていうか、ささみさんどうして上半身のパジャマ半脱ぎで……ははぁん、わかりましたよ！　ついに僕の愛情が報《むく》われる日がきたんですね！　わかりましたあとはお兄ちゃんに身を任せてください——さぁベッドに」

「うるせぇよ馬鹿！　ひとの話を聞けよ！」

ずるずる超強いちからでわたしを引きずっていく変態に、わたしは怒鳴る。

「何考えてんのお兄ちゃんのエッチ!!　わたしたち兄妹なのに!!」

「え？　怖い夢を見たから添い寝してほしい……ということではなかったのですか？」

「ふえっ、あ、そっか——なんだ、ちがうことを想像しちゃった……」

「何を想像したんですか？　ささみさんはいやらしい女の子ですね！　どんな行為をその可愛《かわい》らしい脳裏に思い描いたか、期待したのか、お兄ちゃんにつまびらかに教えてください！　さぁ言いなさい早くハァハァハァ……！」

「おまえわざと言ってるだろ！　ていうか何で脱ごうとしてるんだ添い寝だったら全裸になる必要ねぇだろうがよぉお！」

わたしは過去最低の口の悪さで騒ぎながら、どうにかお兄ちゃんの手を振り払うと、やや距離をとる。

そして真っ赤になって、ちょっとだけ脱いだ自分の上半身をお兄ちゃんに見せた。

「ほら、これ……」

そんなわたしの胸元では、相変わらずわたしの手のひらが垂れている。

これ以上、大きくなったり変化したりはしないみたいだけど……動きだすこともないし、でもただの腫瘍《しゅよう》や出来ものじゃこんな見事に手のひらのかたちにならないだろう。

「わ、わたし——どうしちゃったんだろ。助けてお兄ちゃん……」

「ふぅむ……」

お兄ちゃんは真面目《まじめ》な仕草で近づいてくると。

「これは確かに、不思議ですね」

おもむろにわたしの乳を揉《も》んだのだった。

もむもむもむ。

「もう高校生なのに、ちっともおおきくなる気配がない——これはいけない、たしかに不安になるのも仕方がないですね。わかりました、お兄ちゃんがささみさんのおっぱいが成長するように協力しましょう。他人に揉まれると女性ホルモンが分泌《ぶんぴつ》されて……」

「お兄ちゃん……」

わたしは過去最高の笑顔でお兄ちゃんを殺すと、屍体《したい》を放置したまま、洗面所の前に戻った。あのアホに期待したわたしが馬鹿でした。

でもお兄ちゃんをＳＡＴＳＵＧＡＩしたおかげでだいぶ気持ちはすっきりしたし、心も平静になってくる。わたしはいろいろと試してみることにした。

「感触はある……」

わたしは恐る恐る、胸元にある『肉腫《にくしゅ》』（と呼称することにした）に触れてみる。

肌触りがある。

感覚があるということは、神経でわたしに繋《つな》がっているということだ。

これはわたしの身体《からだ》の一部なのである。

たぶん痛みもあるだろうから、無理やり切り落としたりするのは嫌《いや》だなぁ……。

『肉腫』の手首に指を添えると、どくんどくんと血が巡っている音がする。

血液が循環している。

やはり切り落とすことはできないな、大量出血で死んでしまう。

とはいえ、一生このままというのもありえない。

引きこもりだから他人に会うこともないし、胸から手が生えていても誰も気にしないといえばそうだが、寝るとき邪魔だし感覚的になんか嫌だ。

どうにか消さないと……。

「ほんとうに、どうかしたんですか――ささみさん」

もう復活したお兄ちゃんが、不思議そうに歩み寄ってくる。

わたしはまた揉まれないように警戒しつつ、『肉腫』を指さしてみた。

「お兄ちゃん、これ見える？　何だかわかる？」

「はぁ……」

お兄ちゃんは首を傾《かし》げた。

「手のひらが生えてますね。でもべつに変なものではないでしょう?」

「…………」

確信する。

これは『改変』だ。

いくらお兄ちゃんがずれているとはいっても、妹の胸元からいきなり手のひらが生えてきたらびっくりするし、医者につれていこうとするだろう。

けれど、お兄ちゃんは動揺していない――これが日常的なものだと思っている。

つまり何らかの『神々』によって引き起こされた、これは『怪異』である。

わたしは肉体を霊能力で防御しているが、『人間の身体《からだ》』の神格《しんかく》はたいして高くない。

強い『神々』に狙《ねら》われたら、わたしは防御しきれない。

でも、いったい誰に? どうしてわたしが?

それに何のために――わたしの胸に手のひらなんかを?

「ささみさん」

お兄ちゃんは『怪異』を認識できないなりに、わたしの不安を察したのだろう――ちいさな子供にするようにわたしを抱きよせて、頭を撫《な》でてくれた。

「大丈夫ですよ、何も心配することはありません。ささみさんは強い子ですから、何があっても乗りこえていけます」

「うん……」

なぜだか不安になって、お兄ちゃんを見あげた。

お兄ちゃんは珍しく、顔を隠してはいなかった。

「お金ならたくさんありますし、食べ物も通信販売で頼めるんでしょう？　この部屋からでなくても、僕がいなくても——ささみさんは大丈夫ですよね？」

「そうだよ」

わたしはそのときの発言を、ずっと後悔することになる。

ただお兄ちゃんに抱きしめられているのが照れくさくて、強がってしまって、わたしは怒ったような顔で——素っ気なくつぶやいた。

「わたしは強いもん。何だってひとりでできる。お兄ちゃんが心配することは何もないよ」

「そうですよね」

お兄ちゃんは微笑《ほほえ》んだ。

「昔からささみさんは、僕が助ける必要もないぐらい、立派にひとりでがんばっていましたもんね。僕はただそれに憧《あこが》れて、無理やりついてきただけで……」

「お兄ちゃん？」

寂しそうなその声に、わたしは怯《おび》えて、お兄ちゃんを見あげて。

気づかなかった。

わたしの胸元で、『肉腫《にくしゅ》』がぴくりと指先を動かした。

@　@　@

世界の維持。

人間に都合のいい世界を管理し支配し、身体《からだ》のなかに封じられた『最高神』の暴走を許さずに抑えつける――それは、想像も絶するほどにつらいことだった。

代々、わたしの家系は短命である。

当然だ。『最高神』はわたしたちの血肉に封じこめられている。

『最高神』をその身に宿し、外にださないために最適化された身体――その血統を守るためにわたしの一族は近親婚を繰りかえし、肉体はぼろぼろである。

わたしの父と母も兄妹だった。

古来より、兄妹あるいは親子で結ばれて――子を成して、血脈を繋《つな》いでいくのがわたしたちの一族だった。

女は『巫女《みこ》』となり霊能力を鍛《きた》え、『最高神』を管理する。

男はそんな『巫女』を補佐する下僕となり、命懸けで『巫女』を守り世話を焼き、最後は子作りの道具として使い潰《つぶ》される。

わたしとお兄ちゃんも、そのように育ってきた。

子供のころから、お兄ちゃんはわたしの奴隷《どれい》だった。

何でも言うことを聞いてくれた。嫌いなものを食べてくれた。嫌《いや》な虫がでてきたら潰してくれた。重い荷物を運び、苦役を代わり、お兄ちゃんは酷使《こくし》された。

それが当たり前だった。

わたしの一族の男は、そういう役回りだった。

お兄ちゃんにはまともな教育は与えられずに、徹底的な下僕体質へとつくりかえられた。

ふだんから顔を隠し、忍者か黒衣《くろこ》のように陰に徹しているのもそのせいだ。

わたしはお兄ちゃんが切り開いた道を、お兄ちゃんにおぶわれて進んでいるようなものだった。

お兄ちゃんはそのこと——妹に扱《こ》き使われるという自分の立場に、疑問を抱いていないようだった。ロボットと同じようなものだ。わたしが命じれば喜んで舌を噛《か》んで死ぬだろう。

お兄ちゃんはわたしを最愛の家族と思い、最高の女性と信じ、神のように崇《あが》めている。

そういうふうにつくられたのだ。

わたしはそれを申し訳なく思いながらも、ずっと甘えていた。

お兄ちゃんだけはわたしを裏切らない。

お兄ちゃんだけはわたしを傷つけない。

お兄ちゃんだけはわたしを愛してくれる。

たとえわたしがどんなに醜《みにく》くても出来損ないでも、みすぼらしくておぞましい最低の女でも、お兄ちゃんはそんなわたしを肯定してくれる。支えてくれる。守ってくれる。

それは愛情ですらない、プログラムのような反応なのかもしれないけど……。

だからわたしが親にねだって買ってもらったパソコンで、インターネットなどにのめりこみ、外の世界に憧《あこが》れたとき——お兄ちゃんもつれていこう、と思ったのだ。

便利な道具だから。

わたしの生活を支えてくれるから。

それ以上の感情はないはずだった。

精神的にも肉体的にも苦しく死ぬまでつづく、『最高神の牢獄《ろうごく》』というこの人生に、わたしはうんざりしていた。だから逃げたのだ。古来より連綿とつづけられ、母すらそれに殉《じゅん》じたお役目から、背を向けて遠ざかったのだ。

わたしは弱く愚かで、誰にも顔向けできない馬鹿者だ。

けれど限界だった。

どうして、わたしだけ——『最高神』を維持するための道具として、他のみんなのように自由な人生を送れずに、籠《かご》の鳥のように隔離されていなくてはいけないのだ。

『最高神』が迂闊《うかつ》に動かないようにあらゆる欲求は奪われ、薬品で精神は曖昧《あいまい》にされ、誰かの悪巧《だく》みが耳に入らないように、世話役のお兄ちゃん以外とは会えなくなって。

寂しかった。怖《こわ》かった。このまま死んでしまうのが。

『わたし』が使い切られてぼろぼろになって、終わってしまうのが嫌《いや》だった。

わたしは従順な『巫女《みこ》』を演じ、神社の連中を欺《あざむ》き、ある日——いつも呑《の》むべきだった薬品をこっそりお手洗いに捨てた。

そして明瞭な意志で、我が身を嘆き、ついに脱走を決行したのだ。

今度は漫画喫茶に遊びに行くような、生半可《なまはんか》なことではなかった。

二度と戻らないつもりだった。

世界がどうなろうと知ったことか。

全世界から唾《つば》を吐きかけられても、石を投げつけられても、知ったことか。

わたしはもう限界だった。我慢ができなかった。

罪悪感よりも恐怖と苦痛が勝った。

もちろん妨害はされたが、わたしは振り切った。

『最高神』の権能《けんのう》を用いれば、誰にも邪魔はできなかった。世話係としてお兄ちゃんをつれて、わたしは遠くへ——この天沼矛町《あめのぬぼこ》へと辿《たど》りつき、ここに落ちついた。

その最初の夜に、みんなを裏切った後悔と申し訳なさから震えるわたしを、お兄ちゃんは抱きしめて添い寝してくれた。そのときの言葉を覚えている。

「大丈夫です、ささみさん」

お兄ちゃんは神社ではあまり喋《しゃべ》らなかったけれど（お兄ちゃんはぼんやりしていて要領の悪い、出来損ないの世話係だと思われていた）、その夜はわたしが安心して眠るまで、ずっと言葉を紡《つむ》いでくれた。

「怖《こわ》がらないでください。泣かないでください。あなたは自由になったんですから。それを誇りに思って、楽しく幸せに生きてください。あなたにはその権利がある、あの神社は間違っていました――あなたの人生を奪う権利は誰にもない」

わたしは声すらでなかったけれど、嗚咽《おえつ》を漏《も》らしながら、お兄ちゃんの体温を感じていた。

「苦痛も後悔も罪悪感も、嫌《いや》なものは何もかも、僕にください。受けとめてみせます。それが僕の役目です。僕の生きる意味なんです」

お兄ちゃんは優しい。

みんなは馬鹿にするけど、わたしはずっとお兄ちゃんがとても素敵な、純粋で美しい心をもっていることを知っていた。かたちばかりの褒《ほ》め言葉や、下世話な欲望が透けて見える大人たちのわたしへの態度よりも、ずっと好ましかった。

泣いていたら頭を撫《な》でてくれた。

つたない言葉で慰《なぐさ》めてくれた。

きっとわたしはお兄ちゃんが好きだった。

だからこそ、嫌《いや》だった。わたしは神社にいるかぎり、いつか一族の宿命に従ってお兄ちゃんと子供をつくる。そして生まれた娘に、息子に、わたしたちと同じ重荷を背負わせる。だから、お兄ちゃんへの気持ちは、便利な道具に対するそれで、愛情になってはいけなかった。

お兄ちゃんが好きだった。

だけどわたしたちは、結ばれてはいけなかった。

@　@　@

異変が起きたのは、『肉腫《にくしゅ》』が発生してから三日が経ったときだった。

わたしはいつもの生活に戻っていた。

『肉腫』のことは気がかりだったが、もはや悩むのも面倒くさくて、放置していた。

何気《なにげ》なく、『お気に入り』フォルダにいれているホームページを巡回したりする。

わたしの好きなネットアイドルは今日も絵文字がたっぷりの日記を書いていた。和《なご》んだ。

ネットをしていると時間を忘れるが、そのためいつのまにか喉《のど》が渇いていたりする。

わたしは何か呑《の》みたいな、とふと思って。

口元に差しだされている、い、い、い、い、い、コーヒーカップ、に、気、づい、い、た。

「…………」

わたしは絶句し、すぐに気づいた。

わたしの胸元から生えている『肉腫《にくしゅ》』が――コーヒーカップを掴《つか》み、わたしの唇《くちびる》に添えていたのだ。呑《の》め、というように。

動いている。

おまけに、『肉腫』は成長していた。

先日までは手首から先しかなかったのに、今は肩のあたりから腕のすべてが露出している。

どうして気づかなかったのだろう――否《いな》、ものすごい勢いで伸びたのか。

わたしはあまりの事態に震えて動けなかったし、もちろんコーヒーなんか呑んでいる心の余裕はない。

硬直しているわたしに気づいたのか、『肉腫』はコーヒーカップをおろした。

そしてあろうことか、片手で器用にキーボードを打鍵《だけん》したのだ。

『メモ帳』が開かれて、そこに文章が並ぶ。

こんにちは。

わたしはあう、あう、と口を開閉させることしかできない。

試しに胸元の『肉腫』にちからをこめてみた。

わたしの身体《からだ》の一部なら、自分で動かせるのでは、と考えたのだ。

無駄だよ。あなたとわたしは別の『人格』で動いている。

『肉腫』は嘲笑《あざわら》うようにそう記述した。

わたしはお兄ちゃんに助けを呼ぶこともできずに、この『怪異』に打ちのめされるだけ。

「あんた……何なの……？」

わたしは、あなたの『肉体』

『人間の身体』という『神』――『月読鎖々美《つくよみささみ》の肉体』という『神』。

先日の『八岐大蛇《やまたのおろち》ＳＮＳ』の事件で、あなたの精神は、つまりこの身体を無理やり管理している『人格』は一時的に切り離された。

その隙《すき》をついて目覚めたのが、わたし。

「もしかして」

わたしは最悪の想像をした。

「神社の連中が、わたしの身体に何か仕掛けていたの……？　わたしが裏切って、脱走することを見越して――そんな神社の連中に都合の悪い『人格』ではなく、神社に従順な『人格』の『神』を、わたしの『肉体』に宿していた、あるいは同化させていた……？」

やや正解だね。

たしかにわたしの『人格』は神社の連中が仕掛けたものだよ。

薬品によってあなたの『人格』を分裂させ、万が一のとき——あなたが精神崩壊を起こしたり、眠っているときに敵がきたりしたとき、対応できるように、わたしといういわば『非常用電源』をつくっていたの。

だけど『最高神のちから』を宿していたあなたがその気になれば、いつでも叩《たた》き潰《つぶ》せる、その程度の神格《しんかく》しかない。神社の連中はあなたが裏切るなんて夢にも思ってなかった……わたしはあくまで、あなたを助け、非常事態のときに守るための存在なの。

わたしの望みは、この『肉体』の維持。そのためなら何だってする。そういうふうにプログラムされた『人格』なの。

「わたしの『肉体』を守る……」

そう。『肉体』のためなら、あなたという主人格——精神の幸福すら、優先しない。

場合によっては、あなたに敵対することもあるでしょう。

でもまぁ、そんなに心配しないで。

こうしてわたしの存在を知らせる危険を冒《おか》してまで、ご挨拶《あいさつ》をしているのは、あなたの安全が完全に保証されたからなのよ。

すべては終わった。あなたの幸福な生活は、完璧《かんぺき》に構築された。

感謝してよね。

「あ、あんた──」

わたしは寒気をおぼえて、不意に立ちあがる。

そういえば今日は、朝ご飯を食べていない。昼ご飯も。お兄ちゃんはどうしたのだろう。今日は平日なのに。学校で何かどうしてもやらなきゃいけないお仕事があって、留守にしている──とか？　いいや、お兄ちゃんは何があってもわたしを優先するはずだ。

それなのに、今日は、お兄ちゃんの姿を見ていない。

胸元の『肉腫《にくしゅ》』が、弄《もてあそ》ぶようなゆっくりした動きで、タイピングをする。

あなたの内側で、あなたが神社から逃げてからの生活を、ずっと観察していた。

そして結論したの。

あなたの生活における最大の脅威は、神社の追っ手だよ。いつか実家が自分たちを捜しだし、どんな手を使ってでもつれもどそうとするのではないか──ってこと。それを警戒して、怯《おび》えつづけるかぎり、あなたの生活に安心はない。

神社に捕《つか》まったら、今度はもう逃げられない。薬品を投与され、洗脳され、永遠に隔離される。そのくらいのことは、あの連中はやるから。

だけど、そんな神社の追っ手を怖《こわ》がらないですむ方法が、ひとつあった。

神社の連中が欲しているのは、あくまで『人間に都合のいい世界』を維持するための『最高神のちから』。『月読鎖々美《つくよみささみ》』ではない、『この国で最も神格の高い神』が必要なだけ。

そして現在、『最高神のちから』はあなたではなく……。

「お、お兄ちゃんに、ある──」

そうだ。

わたしはそれを知っている。

それはいまだに理解が不能で、わたしもレポートなどをまとめて考察している最中の、奇妙な事態だった。

実家から逃亡し、この町で居住を始めてから──すぐに気づいた。

わたしは『最高神のちから』を失っている。ごく平凡な、わたしの身体《からだ》──『人間の肉体という生物神』のちからを、霊能力で操れるだけ。

万物を従わせ、物理法則すら左右する『最高神アマテラス』の権能は、失われていた。

そして代わりに、お兄ちゃんのなかに移動していたのだ。

意味がわからないが、そのようにしか思えなかった。

わたしは世界を『改変』するちからをほとんどなくして、代わりにお兄ちゃんの望みが叶《かな》いはじめた。義務教育すら修了していないお兄ちゃんが、いつのまにか学校の教師に収まっていたり、世界はお兄ちゃんに都合がいいように『改変』されていく。

お兄ちゃんはわたしの下僕として育てられ、変な野望をもたないように霊能力はまったく与えられなかったので（いわば霊的な宦官《かんがん》である）、そんな自分の立場を理解せずに、周囲を歪《ゆが》めていった。

神格《しんかく》をほとんど零落《れいらく》させたわたしは、それを見守ることしかできず、お兄ちゃんが変なふうに世界をつくりかえないよう『監視』することになった……。

それが現状だった。

そう。『最高神アマテラス』は『月読鎖々美《つくよみささみ》』から『月読神臣《かみおみ》』に移動した。

『肉腫《にくしゅ》』が誇らしげに断言する。

『最高神』は血肉に宿り、封印されている……そして『鎖々美』と『神臣』は血が繋《つな》がっている。だからアマテラスの移譲《いじょう》という前代未聞の行為も、可能だったんでしょう。『巫女《みこ》』には代々、女が就任するとはいっても、それは人間が勝手に決めたルールだもんね。男でもアマテラスの宿り主《ぬし》にはなれる。

おそらくすべての苦痛を受けいれると告げてくれた兄に、あなたは自分が抱えるいちばんの重荷――アマテラスまで背負わせたの。

そうだ。

たぶんわたしはそうして、お兄ちゃんに甘えたのだ。

自分でがんばることを放棄して。

ぜんぶお兄ちゃんに丸投げしたのだ。

あとは簡単でしょ？

『月読神臣《つくよみかみおみ》』のなかにある。


『肉腫《にくしゅ》』はさも自慢げに告げてきた。

神社が欲しいのは『最高神のちから』――それは現在、『月読神臣《つくよみかみおみ》』のなかにある。

だから『月読神臣』が神社に戻れば、あの連中はあなたに追っ手を送ることもない。

神社は『最高神のちから』が戻ってきて、満足する。

おそらく『月読神臣』はあなたに手出しをしないように神社の連中と交渉し、我が身を差しだし――大切な妹を守れて、満足する。

あなたは神社の追っ手に怯《おび》えることなく、誰にも邪魔されずに、この生活をつづけられる。

わたしも『肉体の安全』を守れて、役目を果たせる。

誰も不幸にならない、素晴らしい結論でしょ。

「あんた……」

わたしは腸《はらわた》が煮えくりかえって、『肉腫』を両手で摑《つか》んだ。

激痛が走ったが、気にしてはいられない。

こいつは『わたしの肉体』の『神』であり、わたしが眠っているとき敵に襲われたら迎撃する機能があるという。つまり、わたしが寝ているとき――意識を失っているとき、わたしの身体《からだ》を自由に動かせるんだ。

生活リズムが崩れていたわたしは、お兄ちゃんが起きているときに眠っていることが多い。

それを利用して、この『肉腫』はお兄ちゃんと接触をはかったのだ。

そして『怪異』を認識できないお兄ちゃんは、わたしが別の人格に支配されていることに気づかない。『肉腫』をわたしと思い、その言葉を信じる。

「そのことを、お兄ちゃんに言ったな……!?　わたしが眠ってるうちに、わたしの身体を乗っ取って——わたしのふりをして、お兄ちゃんに教えたんだな……!?」

おおきな誤解があるみたいだね。

わたしはただ、何も知らないあのひとに——あなたが、まとめた、レ、ポ、ー、ト、を、見、せ、て、丁寧《ていねい》にその疑問に答えてあげただけ。

あのひとは勝手に結論して、決断して、あなたを守るために神社へと向かった。

今ごろ神社の連中との交渉を終えて、世界を『人間に都合のいい世界』へと戻そうとしてるんじゃないかな。

『最高神』がそれを望むなら、『八百万《やおよろず》の神々』は従うしかない。神格《しんかく》の低いわたしも、こうしてお喋《しゃべ》りできなくなるかもね。

だから最後に、こうして事情を教えてあげたの。

おめでとう、ささみさん。

あなたの平和な日常は、これからもずっと続いていく。

第十六話／天岩戸《あまのいわと》への遠征〈後編〉

どこへ行こうというのだろう？


わたしは衝動的に部屋を飛びだした。

かつてないほど身体《からだ》じゅうに熱意と憤怒《ふんぬ》が渦巻いている。

普段着のまま部屋を飛びだし、廊下を進んでいく。

階段を下りて、玄関へ向かう。驚いた。移動できる。わたしは引きこもりなのに。

わたしは生まれたときから神社で鍛練《たんれん》を積み、霊能力を高めている。

結果として、わたしは『神々』の存在を知覚し、『改変』を認識できる（霊視能力、などと呼ぶ）。だからこそ、『最高神のちから』がお兄ちゃんに移譲《いじょう》され——まったく霊能力をもたないお兄ちゃんが世界をいたずらに『改変』しまくるので、わたしはそんなふうに歪《ゆが》まされ混沌《こんとん》とした世界に対応できなくなった。

下手に霊能力を有していたからこそ、変わらない部分と『改変』された部分を見分けられてしまい、呼吸をするだけで歪みまくった世界に適応できずに気持ちが悪くなる。

さらに『神々』は統治する『最高神』が無能のお兄ちゃんになったのでわりと好き放題に暴威を振るっており、とても怖《こわ》い。

わたしは霊的に保護した自室以外では、歩くだけで悪寒《おかん》がし吐き気がして、立っていられなくなった。『神々』に怯《おび》え、『改変』を恐れて、引きこもるしかなかった。

わたしだって外を自由に出歩きたい。太陽の下を走りまわりたい。通販じゃなくてお店で買い物をして、お洒落《しゃれ》をして堂々と外のお店でご飯食べたいよ。

だけどそれは不可能だった。

家の一階にあるトイレやお風呂に向かうだけで、目眩《めまい》がして、たまに吐くこともある。

外になんかでたら、たぶん気持ち悪さのあまり失神するだろう。

霊的に敏感なわたしには、今の混沌とした世界は耐えられないのだった。

あれだけ憧れていた、ふつうの学校にも行けなかった。

わたしだって、好きで引きこもっているわけじゃない。不登校になりたかったわけじゃないよ。世界に適応できなかっただけ。だけど世界が混沌としたのは、お兄ちゃんに『最高神』という重荷をすべて背負わせたわたしのせいなんだから、誰にも文句は言えなかった。

「うう……」

だけど今日だけは。

お願い、わたしを外にださせて。

胸元で『肉腫《にくしゅ》』が不満げに蠢《うごめ》いているが、実家から持ちだした呪符《じゅふ》があったので、それを『肉腫』に貼《は》りつけて余計なことができないようにした。

誰もいない家は寂しくて、酷《ひど》く寒々しい。

リビングの机の上に、お兄ちゃんの置き手紙があった。

わたしはそれを手に取り、封を切らずに抱きしめる。移動しながらでも読める。書いてある内容も想像できる。ほんとにでていってしまったのだ。帰ってしまったのだ。

わたしを置き去りにして。

わたしを守ったつもりになって。

「お兄ちゃんの馬鹿……！」

玄関に辿《たど》りつき、靴《くつ》を履《は》いた。それは随分と久しぶりだった。

そして扉を開いて外に飛びだした。行けると思った。かつてないほど身体《からだ》は快調だった。

もしかしたらお兄ちゃんは実家に辿りつき、『人間に都合のいい世界』をつくるように神社の連中の補佐を受けて、世界を元に戻したのかも……。

世界が混沌《こんとん》としなくなったので、わたしも吐き気をもよおすことなく、ふつうに外を出歩けるのだ——そう勘違いした。

けれどそれは間違いだった。

冬晴れの太陽が明るく輝く道路に、どうにか踏みだして。

頭をがつん、と殴《なぐ》られたような衝撃があった。

「………!?」

足が引きちぎられたように脱力し、わたしは前のめりに倒れた。

アスファルトに顔面が削られて、擦《す》り傷から血がにじむ。

全身に痛み。針を突き刺すような、信じがたい苦痛が、身体の外側も内側も区別せずにめちゃくちゃに突き刺さる。

世界は何も変わっていなかった。

ここまで走ってこれたのは、ただ怒りのあまり脳内麻薬が駄々《だだ》漏《も》れになって、何も感じなかっただけだ。

呼吸困難のような感覚に喘《あえ》ぎ、わたしは涙目になって、何とか身を起こした。

這《は》ってでも進もうとしたが、真上から何かに押さえつけられるように、わたしはぐしゃりと潰《つぶ》れてしまった。また顔面が地面にぶん殴られる。

悶絶《もんぜつ》し、わたしは叫んだ。

「ちくしょう……！」

わたしは弱い。

わたしは愚かで。

わたしは何も手に入れられない。

こんなことなら最初から何も望まなければよかったのか。

期待して、失望し、挫折《ざせつ》するぐらいなら。

わたしは永遠に籠《かご》の鳥のままで、あの神社で飼い殺しにされていればよかったのか。

自由など、ふつうの人生など、高望みだったのか。

お兄ちゃんまで巻きこんで。

実家のみんなを裏切って。

わたしは我が侭《まま》に逃げだして。

そしてどこにも辿《たど》りつけない。


「ういーっす」


地面に突っ伏し、啜《すす》り泣いていると、馬鹿にされているのかと思うほどに呑気《のんき》な声が響いた。

見あげると、当たり前のように――。

道ばたに何か良いものが落ちていて、思わずしゃがみこんで拾おうとしているみたいな、どこか上機嫌な表情で。

邪神《やがみ》三姉妹の長女、邪神つるぎがそこにいた。

「大丈夫かおまえ……うわ、痛そう。思いっきり顔面から転んでたもんなぁ——女の子なんだから、顔に傷が残ったら大変だぞ。どれ、見せてみそ」

手を差しだされる。わたしは混乱しながら、彼女を見据える。

「おおきく深呼吸しろ」

地面に座りこんだわたしの背中を、つるぎが撫《な》でてくれる。

「安心しろ。世界はおまえが思ってるほど怖《こわ》いもんじゃないから」

何度か息を吸い、吐いて、わたしは驚いた。楽になっている。

わたしはしばし貪《むさぼ》るように呼吸すると、ぽろぽろ涙を零《こぼ》した。

つるぎは微笑《ほほえ》んでいる。

「泣くなよ。おまえはがんばったよ」

「がんばってない……」

わたしは立ちあがった。顔を拭《ぬぐ》って、また歩きだす。

「がんばらないで、生きていけると思ったんだ。実家から逃げだせば、自由になって、幸せになれると信じてたんだ。わたしもお兄ちゃんも、誰にも傷つけられずに、誰にも利用されずに——だけど、学校とか毎日の生活とか、面倒くさいことばかりで……」

血と涙が、頰《ほお》を伝っていく。

「わたしはそれをぜんぶお兄ちゃんに任せて、がんばらなかった。怠《なま》けて、何もしなかった。

楽ちんだったのは、重荷をぜんぶ捨てて、お兄ちゃんに背負わせていたからだった。いちばん苦しくてつらいものまで……」

つるぎから離れると、また呼吸が苦しくなってくる。

目眩《めまい》がして吐き気がして、ちがう惑星にきたみたいだ。

ふらついたが、ガードレールにもたれかかって、ずるずると進む。

「そんなの、許さない。お兄ちゃんのくせに、わたしからぜんぶ奪って、受けとめて、どこか遠くへ持っていっちゃうのは認めない。背負わせるばっかりで、まだ何も与えてないんだから

──それが、わかったから」

誰に何を叫んでいるのか。

私はどこに向かっているのか。

自分でもよくわからない。

「お兄ちゃんを取り戻す……わたしの手のひらのなかに」

勝手に持っていっちゃうのは、許さない。

無理やり与えられる宿命から、逃げてきたはずだった。

誰かに手取り足取り導いてもらう、不自由な鳥籠《とりかご》から、羽ばたいたはずだった。

それなのにわたしは何ひとつ自分では選択せず、お兄ちゃんに甘えて、ぜんぶやってもらって、これまで怠《なま》けてきたのだ。

だからお兄ちゃんは遠ざかった。

自分なんていなくても、わたしはだいじょうぶだと、誤解して。

いつも役立たずだ馬鹿だ変態だと、わたしが罵《ののし》るのを真に受けて——自分はいなくてもいいのだと、勘違いして去った。

それはちがうのだと、わたしはせめて伝えなくてはいけない。

お兄ちゃんが好きだった。

だけど、わたしたちは結ばれてはいけなかった。

だからほんとの気持ちを秘めて、照れ隠ししていたんだよう……。

いなくなっちゃうなんて、望んでいないんだ。

「『がんばる』のと『無理をする』っていうのは、意味がちがうぜ——鎖々美《ささみ》」

つるぎが追いついてきて、わたしの手をとった。

「おまえはまだガキなんだからさ、ひとりじゃ辿《たど》りつけない場所には、誰かに支えてもらいながら歩いていってもいいんだよ。到着しないよりずっといい。それは甘えじゃない。信頼で、あたしたち大人は子供からのそういう期待が嬉《うれ》しいんだよなぁ」

つるぎが何かしら『改変』をして、わたしの周りに結界のようなものでも敷いてくれているのか、彼女に手を握られていると不思議なほど楽になった。

つるぎは嬉しそうにわたしを導きながら、いつものように笑った。

「家庭の事情で悩んでるなら、あたしに相談しろよ。忘れられがちだが、あたしはおまえの担任教師なんだぜ——いしししっ」

次の瞬間、景色が切り替わる。

@　@　@

枯れ葉の匂い。

ふと瞬《まばた》きをすると、周囲の風景が様変わりしている。

何の変哲もない住宅街だったのが、冬枯れした山のなかへ。

見覚えのある場所だ。

ここは九州の片田舎——わたしの実家か。

目の前には武家屋敷のような、とても神社とは思えない建物が存在している。水堀に高い塀、物見櫓《ものみやぐら》まであって、あきらかに誰かから攻められたときに対応できるようになっている。

ここは『人間に都合のいい世界』を維持するための、『最高神』を保持する場所だ——堅牢《けんろう》な雰囲気になるのは、当たり前だけど。

「おぉ、ここにくるのも久しぶりだな」

わたしの手を握ったままのつるぎが、楽しそうに微笑《ほほえ》んだ。

その言葉に、わたしはぎょっとする。

「きたことあるの、この神社に……？」

「まぁ、歩きながら話そうぜ。急がないとぜんぶ終わっちまう」

不思議なことをつぶやきながら、つるぎはわたしを導いて歩いていく。

おおきな石くれや木の根っこがたくさんあって、歩きにくい。

神社にはあまり良い思い出がないので、わたしは近づくにつれて不安になっていく。

そして遅まきながら、ひとつの事実を理解した。

神社は破壊されている。

門扉《もんぴ》が砕け散り、その左右に佇《たたず》む神像が半《なか》ばから砕けている。

あの神像は近代兵器と霊的な装備で侵入者を撃退する、恐ろしい装置だったはずだが……。

敷地内に踏みこむと、さらに異様な光景が待っていた。

神に仕えるものの衣装をまとった連中が、恐怖に震える表情で逃げまどっている。

あちこちで爆発が起きて、まさに戦場の有様だった。

見覚えのある、わたしにとって恐怖の対象でしかない実家の人々が、慌《あわ》てふためき神に祈り、散り散りに遁走《とんそう》している。

何かに、襲撃されている……？

圧倒的な防備を誇るこの神社が、ここまで容易《たやす》く破壊されるとは――軍隊でも攻めてきたのだろうか？　否《いな》、ここは日本政府に秘密裏に保護されているので、自衛隊や諸外国の軍隊が襲ってくる可能性は皆無《かいむ》だ。

じゃあ、何なのだろうか……？

というか、こんな簡単に攻め滅ぼされるほど、この神社は弱かったのか……？

肩からちからが抜けるような光景のなか、つるぎがぽつりと囁《ささや》いた。

「潰《つぶ》そうと思えば、いつでも潰せたんだけどな――」

その小柄な体躯《たいく》に、信じがたい威圧感をおぼえて、わたしは息を呑《の》む。

「だけど、しち面倒くさい『神々』の管理を、世界の維持を、あたしの代わりにやってくれるっていうじゃん――『人間』どもは、ちょいと『神々』への締めつけが厳しい以外はわりと上手に世界を運営してくれてたし、あたしも面倒くさがりなんで、お任せしてたわけだけど……」

「あんた――」

その言葉に、わたしは信じがたい思いで問いかけた。

「まさか……」

「大昔にな」

爆風が吹き荒れるなか、気軽に散歩するような態度のまま――つるぎは語る。

「神話でしか語られない、人間の歴史が始まる以前に、あたしは創造神イザナギとイザナミから全権を与えられ、この国の管理を任された」

肩をすくめ、この畏《おそ》るべき存在は世間話のようにつづけた。

「だけど『神々』は好き放題に振る舞って、ちっとも言うことを聞きやしない。拗《す》ねて岩戸に閉じこもったら、無理やりに引きずりだされる。あたしはうんざりして、ニニギノミコトに『最高神のちから』を移譲《いじょう》した」

ニニギノミコト――。

神と人間の中間に位置する、神話から歴史へとこの世界をつくりかえたもの。

「『もう知らねーから、あとのことはこいつに任せろ』って、他の『神々』に命令したわけだな。まぁ引退だ。そしてあたしは隠れた。神が隠れるっていうのは、死ぬことに近い。でもまぁ、ちょいっと休むだけのつもりだったんだけどなぁ……」

逃げていく神社の人々は、わたしに気づかない。まるで透明になったみたいだ。

あるいは神様になったみたいだ。

何千年も、ひたすら世界を維持する役目を果たすのは、どれだけの労苦だっただろう。

つるぎが飽き飽きし、うんざりするのも気持ちはわかる。

彼女は自動的に働くプログラムではなく、『心』をもつ、疲れるし怒ることもある――『人格』をもつ存在なのだ。

「ニニギノミコトが死んだら、ぼちぼちお仕事に戻るかって考えてたんだけど、あいつは予想外の方法で『最高神のちから』を後世へと受け継がせた」

「近親婚……」

「そうだ。血の繋《つな》がり。あたしから全権を移譲《いじょう》されたニニギノミコトは、自分に近しい遺伝子をもつ、自分とほとんど見分けのつかない子供をつくった。『最高神のちから』は血肉を介してあいつの子供に移譲され、それが現代までつづいている」

つるぎは懐かしそうに、遠い目をする。

「『何してんだてめぇ、「最高神のちから」を返せ』とは言えなかった。あたしが勝手に押しつけたんだからな。『人間』がつくった世界はそれなりに安定していたし、『神々』は窮屈《きゅうくつ》そうだったけど平和だった。だからあたしは見守ることにしたんだよ」

かつてこの国の太陽だった存在は、にっこりと微笑《ほほえ》んだ。

「おまえと同じだな。『最高神のちから』をもつものが馬鹿なことをしないように、ずっと監視する。だけど面倒なことはぜんぶお任せ――がんばらない。それで、意外と今まで巧《うま》く世界はまわってきた」

「あなたが、『最高神のちから』を取り戻そうと思えば、可能なの?」

わたしは気になったことを尋ねた。

もし『人間』が我欲に突き動かされ、世界をいびつに変化させたとき、抑止できなければ大変なことになる。この無責任な神様は、その可能性を考えたのだろうか。

「できるよ。『最高神のちから』は『人間』に貸してるだけだ。代理人みたいなもんだよ。あたしが『もういいよ、お疲れさん』って告げればいい。だけど、あたしも随分とくたびれちまったからな……」

心も身体《からだ》もな、とつるぎはお年寄りのように自分の肩を揉《も》んだ。

「もしも『最高神のちから』を『人間』から取りかえすことがあったら、疲れきったあたしじゃなくて、新しい『人格』を『最高神』として祀《まつ》りあげようと決めた。あたしの正当な後継者としてな——それが、おまえもよく知っているあいつ……」

つるぎが指さした先で、ひときわ巨大な爆発が発生する。

どうも神社が手駒にしている、低級の『神々』——『妖怪《ようかい》』が暴れているらしい。

河童《かっぱ》、鬼、一つ目入道……それらの『怪異』どもが、まとめて吹き飛ばされ、ごっそり消滅する。食われる。

「ごちそうさまっ♪」

妖怪どもを薙《な》ぎ倒し、場違いにきちんとお辞儀をしたのは——。

妖艶《ようえん》な見た目の小学生、三姉妹の三女……邪神《やがみ》たまだった。

「……あれが？」

わたしが彼女を指さすと、つるぎは頷《うなず》いた。

「うん。あれが次代の『最高神』としてあたしが育てている、あたしの存在を切り取って生みだした新しい『神』だ。元々はあたしの一部なんで、『妹』って呼んでるけど……正確には『娘』

かもしれん。それは秘密にしてるけどな」

神話とか読むとわかるけど、そういえば日本の神様は身体の一部を切り取ったり、下手をするとくしゃみをしたりして簡単に『子供』を産むのだ。

そっか。

てきとうな存在である、ほんとに。

「あんまり『お母さん』ってがらでもないんで、あいつには『最高神アマテラス』がおまえを産んだのだ、ってことだけ教えてる。だからあいつは月読《つくよみ》のやつを『パパりん』って呼ぶんだな。『最高神のちから』をもつあいつを親だと思ってんだよ」

神様たちにとっての『親子』の概念がどうなってるのか、よくわかんないけど。

たまにとっては『最高神のちから』そのものが『親』であり（だからお兄ちゃんの身体《からだ》の内側に眠っているアマテラスを、冬眠しているカエルになぞらえて『ママりんと同じね！』とか言ってたのか）、そのちからを宿しているお兄ちゃんも『親』となるのだろう。

「現在のたまは、たくさんの『神々』を食らって吸収し、ひたすら神格《しんかく》を高めてるところだな。ほんとに生まれたばっかりだから、実年齢にあわせた学校に通わせてるけど——下手に見た目を次代の『最高神』らしく立派なものにしたから、ちぐはぐになっちまった」

「あぁ、ありえない見た目の小学生だと思ったら……」

見た目と中身が一致していないはずである。

たまは生まれたばかりで、ほんとに小学生ぐらいの人生経験しか積んでいないのだろう。けれど『神』は人間とちがって出産され赤ん坊から次第に育っていく……というわけではない。だいたい生まれたときから同じ姿である。

だからたまは外見と見た目に酷《ひど》い違和感というか、ギャップをおぼえるわけか。

つるぎが真面目《まじめ》な顔になった。

「あぁそうだ、あいつを創るために身体のほとんどを提供したせいで、あたしはこんな体格なんだぞ？　昔はもっとナイスバディだったんだぞ？　本当だぞ？」

わざわざ念押しするのが怪《あや》しい。

昔から、ちっこかったんじゃなかろうか――こいつ。

アマテラスって、通称『永遠の処女神』だしね。

ともあれ「あ、つるぎ姉！　ささみお姉ちゃん！」と手を振ってくるたまを眺めつつ、わたしはもうひとつの疑問を口にする。

「あんたと、たまのことは理解したけど――かがみは？」

「かがみもたまと同じだよ、あたしの存在を切り離してつくった『妹』であり『娘』だ」

そのかがみの姿も見つけた。

彼女はミサイルだの機関銃だのをぶっ放して、物理的に神社を破壊していた。

ものすごい火力である。

なんか神社の連中を襲う表情に私怨《しえん》のようなものを感じるというか、いつもやる気のない彼女にしては珍しく本気の勢いだった。

「ただし、ちょいと特殊でな——あたしには、かがみを生みだすつもりはなかった。けっこう昔に、あたしは『外敵』から攻撃を受けてな……存在の一部を呪《のろ》われた」

『外敵』。

諸外国に散在する、異国の神々。

「呪われたままだと気持ち悪いんで、その部分は切り離して捨てたんだけど」

そんな気軽に捨てられるんだ……。

「その『部分』をな、『人間』どもが発見して育てちまったんだよ。そいつらは『人害』と呼ぶべき悪者どもで、まだ肉片だったかがみを霊的なロボットのようなものに構築した。あいつの身体《からだ》のほとんどは人工的な霊的な呪具《じゅぐ》や、近代兵器だ」

「神様をもとにつくったロボット……」

「うん。『人間』もよくそんなこと考えるよなー」

むしろ感心したように微笑《ほほえ》むと、つるぎはかがみに手を振った。

「まぁ切り離したとはいえ元はあたしの一部だからな、犯罪に利用されて世間に迷惑をかけるのも忍びないんで、あたしがその『悪い組織』から強奪した。かがみには自我らしきものが芽生えていたから、それを潰《つぶ》すのもどうかと思って——そのまま育ててる」

あたしの『妹』としてな、と彼女は感慨深そうにつぶやいた。

「元々は呪《のろ》われた『部分』でしかないから、かがみの神格《しんかく》はかなり低いが、人間どもにだいぶ弄《いじ》くられたせいで霊的な装備や兵器はたくさん搭載してる。人間や物理的な事象に対しては、あいつは強いぞ。軍隊とでも戦える。まだあたしもあいつの『機能』をぜんぶ把握したわけじゃないけど……」

「あんたら三姉妹についてては、よくわかったけど――」

迫撃砲を放って物見櫓《ものみやぐら》を破壊するかがみを眺めつつ、わたしは問うた。

「あんたら、ここで何やってんの？　大暴れしてるように見えるけど？」

「見たまんまだよ」

つるぎは「いしししっ」と笑った。

「この神社をぶっ壊してやってるのさ」

「な、何でそんなこと――」

「あたしらが、どうしておまえらの周囲に現れたと思う？」

つるぎはわたしの手を握ったまま、じっとこちらを見あげてきた。

「あたしら『神々』は人間に認識されないとこうして表出できない、夢や幻みたいな存在だ。ふだんは世界にとろけて、存在を知覚できない。それなのに――あたしらはおまえらと関わって、同じ日常をすごしてきた。どうしてだと思う？」

「ど、どうしてって……」

あんたらが、そうしたいと思ったからじゃないの？

戸惑うわたしを見透かしたように、つるぎは宣告してきた。

「八岐大蛇《やまたのおろち》を思いだせ。あいつはおまえの無意識の祈りがかたちづくった『神』だ。おまえが望んだからこそ、あのかたちで表出してきた。あたしも、かがみも、たまも——かたちのない、概念的な、本来ならこうして触れることもできない存在だ。神様だからな」

嬉《うれ》しそうに、彼女は笑う。

「おまえが望んだんだよ、あたしたち邪神《やがみ》三姉妹を。おまえらの平和な日常を守ってくれる、味方として、隣人として、友達として、願ってくれたんだよ——あたしたちみたいな存在をな。あたしはそう信じてる。だからあたしは、おまえたちの何気ない毎日を守ってやる」

かつての『最高神』は、出来損ないの『巫女《みこ》』に、稚気《ちき》に溢《あふ》れた笑顔で託宣する。

「後顧《こうこ》の憂《うれ》いを絶つために、とりあえずこの神社をぶっ潰《つぶ》してさ——さっさと月読《つくよみ》の馬鹿を連れ帰って、あの楽しく混沌《こんとん》とした毎日に戻ろうぜ。お菓子を食べて、ゲームで遊んで、くだらないお喋《しゃべ》りしてさ……そんな世界を望んだおまえが、あたしたちをかたちづくったんだ」

その言葉に、わたしは頷《うなず》いた。

つるぎの言葉がどこまで真実なのか、わたしには判断ができない。

だけど、わたしの望みはそれで正しい。

帰ろう。

お兄ちゃんと一緒に。

わたしが恋焦《こ》がれていた、平和で、他愛《たあい》ない日常へ。

「ふにゃあ」

暴れまくって疲れたのか、寝惚《ねぼ》けたような声をあげて、かがみが歩み寄ってくる。

「姉さん、困ったことになったのです。あちこち捜しましたけど、月読先生の姿がどこにもありません。間違いなくこの場所へと向かったはずなのですが――ここ、霊的にも科学的にも閉鎖されていて、うまくひとの気配が読めない……」

「たまもパパりん見つけられないお！」

たまが困ったような顔で近づいてくる。

「ここにいたのは、間違いないと思うんだけど――匂いが残ってるから。だけど、どこにもいないの！　ひーん！」

「………？」

意味がわからなくて、わたしは首を傾《かし》げる。

お兄ちゃんは間違いなくこの屋敷に向かって、そして辿《たど》りついたのだろう。

だけど、どこを捜してもいないという。

煙のように消えてしまったとは思えないし、どこで何をやってるんだろう――あの馬鹿は？

わたしは泡を食って逃げようとしている、朱袴《しゅばかま》が可愛《かわい》らしい見覚えのある女性を発見すると、素早く駆け寄って——脅すように尋ねた。

「ちょっと、聞きたいことがあるんだけど」

「え？　ははは早く逃げないと火事だか地震だか妖怪《ようかい》の侵略だかで——あ、あれ？　ひいい！　鎖々美《ささみ》さま！　帰っておられたのですか!?」

「土下座しなくてもいいから、ひとつだけ教えて？」

相変わらずわたしを過剰に崇拝する神社の連中に辟易《へきえき》しつつ、わたしは尋ねた。

「あの、お兄ちゃん知らない？　この神社に帰ってるはずなんだけど——」

「ほへ？　神臣《かみおみ》さんですか？」

女性は口元に指を当てて、しばらく考えこんでいたが……。

思いだした、というように。

「あぁ、そういえばちょっと前に帰ってきてましたね……だけど『僕には最高神のちからがあるんです！　だから僕を鎖々美さんの代わりに「巫女《みこ》」にしてください！』とかわけのわからないことを言っていたみたいで——」

くふっ、と悪びれずに含み笑いをして。

「でも、あのひとには霊的能力がさっぱりないし、『最高神』なんて笑い話じゃないですか……やっぱり調べてみたらほとんど神格《しんかく》もなかったみたいだし——当主様、っていうかあなたのお父様に『馬鹿なことを言ってないででていけ！　鎖々美をかどわかした罪で、おまえはすでに当家から勘当されているのだ！』って追いだされちゃったみたいですけど？」

「……………え？」

どういうこと？

第十七話／季節外れの桜咲く

「ささみさ〜ん♪」

お兄ちゃんが呼んでいる。

わたしは桜ノ花咲夜学園《このはなさくやがくえん》の制服を身にまとうと、自作パソコン十三号の暗い画面を鏡にして、髪の毛などを確認する。

呪符《じゅふ》で抑えこんでいる『肉腫《にくしゅ》』が怨《うら》めしげに蠢《うごめ》いているけど、つねりあげて黙らせてやる。

自分も痛いが、まぁいい。

『肉腫』はおとなしくちいさくなって、絆創膏《ばんそうこう》みたいな呪符の下でほとんど目立たなくなる。

満足すると、真新しい教科書や大学ノートが収まった鞄《かばん》を手にして、わたしは部屋の出入り口の扉を開いた。

「おはよう、お兄ちゃん」

「おはようございます、ささみさん」

そこにお兄ちゃんが立っている。

背が高くきちんとスーツをまとった、見慣れたその姿。

お兄ちゃんは神社に帰ったがお父さんに叩《たた》きだされて、すごすごと戻ってきたのだった。

かなり情けないが、このひとに羞恥心《しゅうちしん》はないので、しばしギクシャクしていたがもう元通りである。

それに、自分のことよりも——わたしがこうして、再び学校へ行くつもりになったのが嬉《うれ》しいらしい。小躍《こおど》りするような怪しげな動きで、廊下を歩いていく。

ＴＶをつけて、ふたり向かいあって朝ご飯のサンドイッチを食べて、他愛《たあい》のないお喋《しゃべ》り。

嫌いな牛乳をこっそり流しに捨てているのを見つかって、「そんなことだからおっぱいが貧弱なんですよ」と言ってはいけないことを言ったお兄ちゃんを、わたしはいつか殺してやる。

身だしなみを整え、歯磨きをして、ふたり一緒に玄関をでる。

お兄ちゃんが自転車にまたがり、わたしはその後ろの荷台に横座りになる。

「ほんとはふたり乗りはいけないんですからね」

「しばらく歩いてなかったから、筋肉が弱ってるんだよ。介護だと思ってよ、お兄ちゃん。さあ、出発しなさい」

ふたりで風を切って、天沼矛《あめのぬぼこ》の町を進む。

落ちたら嫌《いや》なのでお兄ちゃんに仕方なく抱きついて、わたしは流れていく景色を眺める。

もう吐き気もしない。恐怖もない。その理由は単純である。

わたしは大いなる誤解をしていた。

わたしは『最高神アマテラス』のちからを、お兄ちゃんに押しつけてしまったものと、勘違いしていた。事実、そのようにしか思えない出来事ばかりが発生していたので――その思いちがいも仕方ないのだけど。

『最高神のちから』は、やはり、わたしの内側にまだ存在していたのだ。

世界を『改変』していたのは、お兄ちゃんではなくわたしだった。

考えてみれば当たり前なのだ。お兄ちゃんに『最高神のちから』が宿っているなら、この世界は『お兄ちゃんに都合のいい世界』になっているはずだ。

だとしたら、まず最初に『改変』されるのは――わたしである。

お兄ちゃんはわたしが大好きだから、無意識にわたしを求めて、わたしを自分のものにするような『改変』をする。

あるいは法律がいきなり改正されて兄妹で結婚できるようになったり、全世界の女性が必ずメイド服を着なくてはいけない、みたいなお兄ちゃんが嬉《うれ》しい『改変』が行われるはずなのだ。

お兄ちゃんがわたしをたいせつに思って、無理やりわたしと結ばれるような展開を望んでいなかったとしても、周りの『神々』は勝手にお兄ちゃんを応援する。

あの『バレンタインの惨劇』のように、お兄ちゃんにおべんちゃらをつかうために――ほとんど霊能力のないわたしを『神々』はこぞって『改変』し、お兄ちゃんに都合のいい女の子につくりかえたはずなのだ。

なのに、そんな出来事は発生しなかった。

なぜならわたしの身体《からだ》にはいまだ『最高神のちから』があり、そういった『神々』のちょっかいをはねのけることができたから。あの『肉腫《にくしゅ》』も、わたしが精神と肉体を切り離された隙《すき》をつかなくては、動きだせなかったではないか。

わたしが自意識を保ち、己の霊能力でちからを制御できているかぎり、『怪異』はわたしを襲えなかったのだ。もし何かあっても『最高神』を『改変』することはできずに、何もかもが遮断《しゃだん》され、防御され、わたしそのものには影響を与えられない。

ちからをきちんと制御していたわたしの周りでは（特にわたしが霊的な結界を敷いたわたしの自室では）、わたしに都合のいい『改変』は起きなかった。

そのようなことがないように、わたしは訓練を積んでいたのだから。

けれど、わたしは無意識に望んでいた。

お兄ちゃんには幸せに生きてほしい。

わたしが無理やりに引きずって、巻きこんで、実家を裏切らせることになったお兄ちゃんには——せめて、その選択が失敗だったと思ってほしくなかった。

罪悪感もあった。

だからわたしはお兄ちゃんを幸福にするように、その望みが叶《かな》うように、知らず知らずのうちに『命令』していたのだ。

それに反応し、『神々』はお兄ちゃんの願いを叶えるようになった。

その欲求を、できるだけ満たすようになった。

それを確認し、わたしは『お兄ちゃんに「最高神のちから」が移譲《いじょう》されたのだ』と勘違いしたわけである。

その事実を知らずに、お兄ちゃんもわたしのレポートを真に受けて（きっと『肉腫《にくしゅ》』もわたしの一部だし、わたしと同じ勘違いをしていたのだろうなぁ）、実家に戻ってしまって――でも実際、お兄ちゃん自身には何の能力もないのだ。

何もできずに帰ってきて、わたしの説明を受けて、納得してくれた。

あとは簡単だ。

お兄ちゃんに『最高神のちから』が移譲したと勘違いしていたため、自分の本来の実力を発揮できなかったわたしだけど、現在はちゃんとそのちからを制御している。

これまで部屋からでるごとに感じていた苦痛や吐き気は、『最高神のちから』を失ったと思いこんでいたわたしを、『悪神』などが利用しようとして何かしていたせいらしい。

自分の本来のちからを思いだし、制御して、わたしはその『悪神』たちを蹴散《けち》らした。

もう外にでてもだいじょうぶ。

太陽の輝きが満ち溢《あふ》れた世界で、わたしは生きていく。

「あ、パパりんママりん！　おっはよう！」

お友達とランドセルを揺らして歩いているたまが、元気よく挨拶《あいさつ》してくれる。

事情を知ってからはわたしを『ママりん』と呼ぶようになったのを、やめてほしい。お兄ちゃんと夫婦みたいだろうが……。

「えへへ……ふたりのり、いいなぁ——たまも今度いっしょに乗せてね♪」

おおきく手を振ってくれる。

それに応えつつ、無邪気なナイスバディの小学生から離れて、ぐんぐん進んでいく。

「ふにゃあ……」

わたしたちと同じ道の途中に、半ば眠りながらかがみが歩いている。

先日の騒動で暴れすぎたらしく、ぐったり疲れているようで、しばらく彼女は起きてるのか寝てるのかわからない状態である。夢遊病みたいにふらふら歩いていた。

「おはようございます、かがみさん」

お兄ちゃんが挨拶したら、わずかに顔をあげて。

「気安く声をかけないでください。先生と仲がよいと勘違いされてしまうのです」

などと可愛《かわい》くないことを言っていた。かがみらしい。

そんな彼女を追い越すと、桜ノ花咲夜《このはなさくや》学園が見えてくる。

わたしに気にいられようとしているのか、針金みたいだった並木がいきなり満開の桜となって、綺麗《きれい》な花びらを散らしていく。無駄な『改変』を……。見ると空には花火があがり、通行人が無意味に「おめでとう！　おめでとう！」と拍手してくれる。

余計なことをする『神々』を叱《しか》りつけて、やめさせようかとも思ったが——まぁいいか、どうでも。いちいち気にしてたら疲れるし。

ここは無数の『神々』が遊びまわる世界。

頭のおかしいことだらけの、混沌《こんとん》とした世界。

自由で、幸せな世界。

「おっ、登校してきたな」

校門前で生徒たちに挨拶《あいさつ》していたつるぎが、満足げに微笑《ほほえ》んだ。

「ようこそ桜ノ花咲夜《このはなさくや》学園へ」

初めての登校をするわたしを、優しく迎えながら。

「そして『お帰り』だな」

そうだ。わたしは帰ってきた。

わたしの望んだ、ずっと憧れていた平穏な日常に。

挨拶を交わしながらつるぎの横を通過し、あとは駐輪場まで、お兄ちゃんとふたりきり。

「お兄ちゃん」

「何ですか、ささみさん」

言いたいことはたくさんあった。

感謝したいこと、謝罪したいこと、宣言したいこと、告白したいこと——たくさんあった。

「ううん、何でもない」

でもまぁ——明日でもいいか。

「それじゃ、今日もがんばろっか」

了

あとがき

こんにちは。日日日《あきら》です。

『非』日常系ラブコメ（？）『ささみさん@がんばらない』をお届けいたします。

四コマ漫画みたいな読み心地を目指したので、『固定された登場人物』での、『短めのお話が連続する』感じにしてみました。だらだら読めたら最善です。

@『変則的X人称小説』について／昨今のライトノベルのなかでは、比較的にガガガ文庫は実験的な作風でも受けいれてくれる土壌《どじょう》ができている感じだったので、以前からやってみたかった人称が変則的な小説にしてみました。

このお話は『月読鎖々美《つくよみささみ》の一人称小説』でもあり、『月読神臣《かみおみ》の三人称小説』でもあります。ちがう言いかたをすると『語り部』は『月読鎖々美』であり、『主人公』は『月読神臣』となっているのでした。

物語の、事件の中心にいるのは『月読神臣』であり、『月読鎖々美』はそれを『外から見ている』ことしかできない。いわば『物語』の『作者』は『月読神臣』であり、『月読鎖々美』は『読者』でしかない。発生する馬鹿げた出来事につっこみをいれ、感想を書き、レポートをまとめ、けれど本質的に『物語』に関わることができない。

そんな現状を変えるには、平穏な私室に引きこもるのをやめて、勇気をだしてがんばるしかない――そんな構図を揶揄《やゆ》して、『ささみさん@がんばらない』という題名にしました。

もともとニコ＊コ動画みたいな作り手側と受け手側が双方向に『物語』をつくっていく〜みたいな構図を小説のなかで表現してみたいな、という気持ちがあったので、ちょっと試しにやってみました。

『一人称』と『三人称』が、『語り部』と『主人公』が、『傍観者』と『当事者』が、『読者』と『作者』が次元をこえて超克《ちょうこく》するとき――『物語』はどのように変質し、どのような結果になるのか。作中の結末はその解答のひとつにすぎないので、今後、刊行されていく続刊ではまた異なる実験結果（？）を見せていけたらいいなぁと思っております。

@以下、謝辞です。／神話とネットの類似性などについてのインスピレーションを与えてくれた担当の星野さん、かなり無茶なスケジュールのなか独特かつ魅力的な『世界』を描いてくれた絵師の左さん、およびこの『物語』に関わってくれたすべての人々に『お疲れ様』です。

次回もまた、『がんばって』まいりましょう。

日日日

GAGAGA

ガガガ文庫

ささみさん@がんばらない

日日日

発行 2009年12月23日 初版第1刷発行
2012年12月20日 第5刷発行

発行人 佐上靖之

編集責任 野村敦司

編集 星野博規

発行所 株式会社小学館
〒101-8001 東京都千代田区一ツ橋2-3-1
[編集]03-3230-9343 [販売]03-5281-3556

カバー印刷 株式会社美松堂

印刷・製本 図書印刷株式会社

Printed in Japan ISBN978-4-09-451176-5

第8回小学館ライトノベル大賞
ガガガ文庫部門応募要項!!!!!!

ゲスト審査員は新房昭之監督

ガガガ大賞：200万円＆応募作品での文庫デビュー
ガガガ賞：100万円＆デビュー確約
優秀賞：50万円＆デビュー確約
審査員特別賞：30万円＆応募作品での文庫デビュー

第一次審査通過者全員に、評価シート＆寸評をお送りします

内容 ビジュアルが付くことを意識した、エンターテインメント小説であること。ファンタジー、ミステリー、恋愛、ＳＦなどジャンルは不問。商業的に未発表作品であること。
（同人誌や営利目的でない個人のWEB上での作品掲載は可。その場合は同人誌名またはサイト名を明記のこと）

選考 ガガガ文庫編集部＋ガガガ文庫部門ゲスト審査員・新房昭之

資格 プロ・アマ・年齢不問

原稿枚数 ワープロ原稿の規定書式【１枚に42字×34行、縦書きで印刷のこと】は、70～150枚。手書き原稿の規定書式【400字詰め原稿用紙】の場合は、200～450枚程度。
※ワープロ規定書式と手書き原稿用紙の文字数に誤差がありますこと、ご了承ください。

応募方法 次の3点を番号順に重ね合わせ、右上をひも、クリップ等で綴じて送ってください。
① 応募部門、作品タイトル、原稿枚数、郵便番号、住所、氏名（本名、ペンネーム使用の場合はペンネームも併記）、年齢、略歴、電話番号の順に明記した紙
② 800字以内であらすじ
③ 応募作品（必ずページ順に番号をふること）

締め切り 2013年9月末日（当日消印有効）

発表 2014年3月刊『ガ報』、及びガガガ文庫公式WEBサイトGAGAGAWIREにて

応募先 〒101-8001 東京都千代田区一ツ橋 2-3-1
小学館第二コミック局 ライトノベル大賞【ガガガ文庫】係

注意 ○応募作品は返却致しません。○選考に関するお問い合わせには応じられません。○二重投稿作品はいっさい受け付けません。○受賞作品の出版権及び映像化、コミック化、ゲーム化などの二次使用権はすべて小学館に帰属します。別途、規定の印税をお支払いいたします。○応募された方の個人情報は、本大賞以外の目的に利用することはありません。○事故防止の観点から、追跡サービス等が可能な配送方法を利用されることをおすすめします。○作品を複数応募する場合は、一作品ごとに別々の封筒に入れてご応募ください。